文春文庫

世紀末思い出し笑い

林 真理子

文藝春秋

世紀末思い出し笑い◆目次

◆「今夜も思い出し笑い」篇

世紀末思い出し笑い

◆「今夜も思い出し笑い」篇

パズル

電車に乗るなり、私はしまった、と思った。ちょうど立ったところが、熱々カップルの真前だったのである。

座席の端に茶髪の女の子が座っている。その女の子の肩に手をまわしているのが、やはり茶髪の男の子である。こうした茶髪カップルというのは、ご面相が悪いとそれこそ汚ならしくなってしまうが、その二人はなかなかのレベルであった。女の子も可愛いし、男の子の方も足が長く、かなり整った横顔である。二人はしばらくいちゃついていたのであるが、意外なことに途中の駅に着くや女の子は立ち上がった。

「じゃーね、バーイ」

とか言って、えらくあっさりと手を振っていくではないか。

後には私と男の子が残された。正しくいえば、私の目の前に、傍の手すりに沿って半円を描く男の子の腕が残されていたのである。たった今、愛《いと》しい女の子を抱いていた腕は、ゆるやかな曲線のまま、中身が抜けてしまったのを惜しむかのようである。

立っている客はまばらであった。正面に立っている私は、当然空いている席に座る権利があるはずだ。が、私がもしこのままどさっと座ったら、いったいどういう事態になるであろうか。

男の子の方に手をひっ込める気配はない。ということは、私がさっきの女の子と同じ立場になることになる。彼の腕の中にしっかりと入るのだ。かなりの年齢差のあるカップルの誕生ではないかと思ったら、やたらおかしくなった。

「ふふふ……」

思わず吹き出してしまう私。男の子の方も、ただならぬ気配を感じとったようだ。

「オバさん、座るんじゃないぞ」

という風に私の方を見る。その表情がおかしくて、またクスクス笑ってしまった。若い男というのは、なんて残酷でユーモラスな存在であろうか。端《はた》で見ているだけでへーっと思うことが多々あるのに、こういう男と恋愛しようとする女の人が私にはよくわからない。若い男なんて、疲れるだけではないだろうか。

ところが私のまわりで、年下の若い男が好きという女性は実に多いのである。友人のひとりは、

「男の人は絶対に若くなきゃ嫌なの」

ときっぱりと言う。

「二人でいるとね、自分も若くなったような気がしてすごく楽しいの。いきいきしてく

るのが自分でわかるの」

だそうだ。私は未だかつてこういう心境になったことがない。つき合った男性がたまたま二つ年下ということがあったが、今どきひとつ、二つの差は年下の内に入らないであろう。私は昔から、話の合う同年齢かやや年上の男性が好き。年下の男には全くといっていいほど、興味を持ったことがない。これは私に弟がいることが大きいであろう。男性の年齢を聞いた時に、弟のそれを、心のどこかで基準に置いているのである。

が、前述の友人は弟がいるが、やはり年下の男がいいと言うのだ。

「あなたも若いボーイフレンドを持つと楽しいわよ。いろんな世界を見せてくれるもの」

私はそんな時こう答える。

「イヤよ。私みたいに猜疑心《さいぎしん》と劣等感が強い人間は、絶対に年下の男とはつき合えないと思う。年下の恋人を持てるのはね、よほど自信がある女性よ」

若い男の顎《あご》の線や首の綺麗さにうっとりする。そうした後で鏡を見て、少しもつらくない女というのは、かなりの美貌と若さを維持しなくてはなれないであろう。

もしかすると金品をねだられるかもしれない。ねだられないにせよ、どこかへ遊びに行ったり、食事に出かけた際、女の方が払わなくてはならないだろう。たまにならともかく、いつもだったら、女は悲しくせつなくなってくる。こういう時も、決してネガティブに考えるのではなく、

「私に甘えてるのね、かわゆい」

という思考の持ち主でなくては、うんと年下の男とつき合えるものではない……。

私がこのように、いろいろ悩み考えているのは、ルミ子、賢也のカップル不仲説に刺激されたからではない。定期的に観てもらっている占いの先生がいるのだが、最近きっぱりとこう言われたのだ。

「ハヤシさん、もうじき若い恋人が出現しますよ」

「えっ、本当ですか」

嬉しさと困惑が同時に押し寄せてきた私である。

「でも、私、年下の男の人ってあんまり好きじゃないんですけど……」

「ハヤシさんはそうでも、あちらが夢中になって押してきます。若くてすごくハンサムな男性です。ハヤシさん、とても楽しい恋愛が出来ますよ」

それ以来、私はずっとこの問題について考え、年下の男性とつき合っている友人にあれこれ質問しているのである。

「そういう心配は、相手がちゃんと現れてからしろッ！」

とそのうちの一人に叱られたが、やはり心の準備は早めにしておいた方がよいかもしれない。

さて先日のこと、近くの中華料理屋で夕飯を食べようと、夫と待ち合わせをした。場所はラフォーレ原宿前である。若いカップルがよく使うところだ。あのテの女の子には、どういう男の子が来るのかしらんと、じっと組み合わせパズルを楽しんでいたら、やっと夫が現れた。私を見て素通りしようとする。

「どうしたの、ねえ、どうしたの」

あわてて後を追うと、

「若い人の中に、オバさんがぼうーっと立ってて、目立ってみっともない」

とぷりぷりしている。そういうあんただって中年のおじさん。が、これが私のパズルの片ピースなのである。

住宅事情

夫を切り刻んで、その死体を鍋で煮ていたという女性のことが、このあいだまでマスコミをにぎわせていた。

もしかすると、人肉のごった煮を食べていたかもしれない、彼女のペットのムクちゃんという犬がいる。この犬が信じられないぐらい憎たらしい顔をしているのだ。私はあんなヘンな顔をした犬を見たことがない。

それはともかくとして、彼女についての記事の中に、こんなものがあった。容疑者の女性は大変にだらしなく、家の中は乱雑を極めていた。こういう性格だから、犯罪者になるのだ……うんぬん。

これを読んでかなりイヤーな気分になった私。なぜなら私も生まれつき整理整頓が全く駄目な性格だからである。

うちのマンションは、入ってすぐのところが、居間兼応接間となっている。そう狭くないのであるが、ものが多く、倉庫のようになっている。外から運ばれたものは、まずここに置かれる仕組みになっているので、それが山積みになっているのだ。宅配で届けられた梨の箱に栗カボチャの箱、有機野菜の箱、残暑見舞いでいただいたミネラルウォーターの箱もある。それだけでもかなりのものであるが、私が持ち帰ったものがすごい。私は外出の際、紙袋の中に資料や本を入れていく。乗り物の中で読むためだ。が、家に帰ってきてすぐに中身を空けるという几帳面さがないために、紙袋は次第にたまっていく。四回外出すると、四個の紙袋がタンスの前に置かれる仕組みだ。

自分もだらしないため、家の中の汚なさにも比較的寛大な夫も、この紙袋には顔をしかめる。

「この家は、うちの中がゴミの収集場所になってんのか」

私のハンドバッグも、一個、二個と取り替えるたびに居間での数を増やしていく。おしゃれな人だったら、いや普通の人だったら、ハンドバッグを替えた場合、中身を全部空けて、前に使っていたものをクローゼットの中にしまうであろう。ところが私は、財布と手帳だけを取り出し、後のものはそのままにしておく。別の部屋へ持っていくのがめんどうくさいからだ。かくして居間には、黒や茶のバッグがゴロゴロしている。夏中愛用していた籐のバスケットは一カ月以上、ピアノの前にほったらかしだ。

時々意を決して、こうしたハンドバッグを片づけようとする。すると中に、使ったハンカチやら、パンフレットやらが堆積している。失くしたと思っていたコンパクトやイヤリングが出てくるのもこの時だ。二カ月前のコンサートの半券を見つけて、しみじみとした気分になることもある。

週に何回か、パートの家政婦さんに来てもらっているのであるが、彼女たちはこうした紙袋やバッグには、いっさい手を触れない。従ってわが家の倉庫状態はいつまでも続いているのである。

ずっと前、ある女性誌から、

「私の整理術」

というテーマでインタビューを受けた。もちろん整理が苦手な人、ということで取材されたのだ。写真を撮るというので、余計なものはいっさい端に寄せた。カメラの画面から多くのものをはずしたつもりになっていたのであるが、雑誌が届けられてびっくりした。私の部屋は巻頭の見開き二ページ、しかもワイドで撮っていたらしく、どかしていたはずの雑誌や置物もすべて写っていた。テーブルの上の食べかけのカレーパンやウチワまで、はっきりと写真の中にある。

「私の子どもの時の夢はね、うんとお金持ちと結婚するか、うんとお金持ちになって、大嫌いな掃除をしないで済むような人生を送りたいっていうことだったの」

などという私のコメントが、こうなってくるとやたらにみじめに滑稽ではないか。

しかしまあ、今はまだいい。配偶者もいるし、家政婦さんも来てくれる。ひどかったのはひとり暮らしの時だ。コピーライターをしていた終わり頃、ちょっと金まわりのよくなった頃、私は東麻布のマンションに住んでいた。当時としてはとてもモダンなマンションで、コンクリートとガラスで出来ていた。床はすべてフローリング、などというのもあの頃は珍しかったはずだ。インテリア雑誌にしばしば登場したマンションである。1LDKの設計で、入ってすぐ右側が六畳ぐらいのクローゼット付き寝室、たてに長い十五畳ぐらいのリビングがあった。

私はすぐに洋服とモノが増えすぎ、六畳の寝室を倉庫にしなければならなくなってくる。ベッドをリビングの方に動かしたが、これが失敗の元になった。ベッドを囲むようにして、雑誌と本の山が築かれたのだ。

足の踏み場がない、というのは全くああいうことを言うのであろう。私は何カ月も床を見ることが出来なくなってしまう。脱いだストッキングやカーディガンが積み重なり、それに雑誌が重なるという、世にもおぞましいローム層をつくったのである。

こんなことを言うのはナンであるが、私も若く独身であったから、それなりのことがあった。真夜中に酔った男性が、突然チャイムを鳴らしたこともある。が、誰がこの部屋に入れることが出来よう。私は必死に叫ぶ。

「お願いですから帰ってください」

後に私はエッセイに書いたことがある。

「私のだらしなさが、私の貞操を救っているのだ」

あれから十七、八年たったが、状況はそう変わっていない。親しい編集者の人ならともかく、あまりよく知らない人たちにうちに来てもらいたくないのだ。だから私は、気の張る人との打ち合わせの時など自分から出向くようにしている。

遠くの会社へ、電車も使い、てくてく行く時など、ふと思う。

「私のだらしなさが、私の傲慢さを救っている」

まあ、犯罪者にならないことだけは確かだ。

はるばると函館

女友だち二人と、出かけた先は函館である。函館と聞くと、

「はーるばる来たぜ、ハッコダテへ〜」

というフレーズが口をついて出る。飛行機でひとっ飛びとはいえ、やっぱり遠い。東京は残暑で汗ばむような陽気なのであるが、函館は上着を着ていても涼しい。

忙しい最中、時間をやりくりして函館に来たのには理由がある。日本舞踊を習っている仲間のひとりが、函館でリサイタルを開くことになったのだ。彼女のお父さんは、函館の朝市に蟹のお店を持っている。

「いくらでも蟹をご馳走しますから、ぜひ遊びに来てください」

と以前から言われていたのだ。

ご存知のとおり、私は山国の生まれである。山梨県人の海産物に対する憧れは、おそらく海に近い土地の人々にはわかるまい。鮨やお刺身を出すのが、山梨県では、最高のもてなしなのである。人口における鮨屋の割合が、日本で何番めかに高い土地柄とも聞

いている。

私は今でも鮨屋のカウンターに座ると、理性を失う。先日などは、

「あんたがほとんど食べたんじゃないの。あの早さは何なのよ。これで割りカンなんて絶対に私が損よ」

と友人に怒鳴られたばかりだ。

そんなひけめも、今日は感じないで済む。なにしろお父さんが、

「ハヤシさん、いくらでも食べてくださいね。うちは蟹が売るほどありますから」

と受け合ってくださっているのだ。

嬉しさと期待で、午後早く到着してしまった。リサイタルを明日に控え、蟹パーティーは夕方の五時半からだという。女三人で函館の街を見物することにした。

「函館なら任せといて。私、何度も来たことがあるのよ」

十年以上前、雑誌の取材でやってきた時、私は何て素敵なところだろうかと思った。街全体が、いい感じでわび・さびているのである。とても気に入ったので、その年友人三人で遊びにやってきた。当時はちゃんとしたホテルはひとつしかなく、そこの最上階から見る夜景が本当に美しかった。

そう、そう、函館といえばあの人のことを思い出す。雑誌の取材の際、市の観光係のA氏にお世話になった。その時だけのつき合いだと思っていたのであるが、この方は私のプライベートな旅行の際も、どういうわけか嗅ぎつけてやってくるのだ。いろいろお

世話してくださるのは嬉しいのであるが、長々と続く自慢話には閉口した。

函館はその頃よく映画やテレビのロケに使われていたが、窓口になっていたのがA氏らしい。あの女優とはすっかり仲よしとなっている、TBSのプロデューサーとはもう兄弟のようなつき合いだと、A氏は語ったものだ。

「僕はさ、函館よりも東京でずっと有名なんですよ。テレビ局なんかちょっと顔を出すと、何だお前来てるのか、さっそく飲みに行こうぜ、と方々から声がかかるっていうもんですよ」

まだ若かった私は、こういう話を笑って聞き流す余裕がなかった。なんて勘違いしている男だろうかと、彼の親切にもツンケンしていたような記憶がある。そして二年後、私はA氏からのハガキを受け取る。

「上京し制作プロダクションに勤務することにいたしました」

あのAさんは、今頃どうしているだろうか。彼と一緒に出かけたレンガ館は、今回私たちが泊まったホテルのすぐ近くである。ここは昔のレンガづくりの倉庫を改造し、レストランや売店をつくったところだ。

行ってみて驚いた。私が最後に函館に来たのは六年前ぐらいであるが、まるで別の場所になっている。このレンガ館は広くひっそりとしていて、ガラス工場が奥の方にあった。その前のベンチに腰かけ、ガラスの工芸品が出来上がるさまを見るのが私は好きだったが、今は観光客が押すな、押すな、という混みようである。ガラス工場の見学者用の窓はすっかり狭くなり、その分売店が拡張されている。

以前このレンガ館には、地元の作家がつくった趣味のよい木工品や、織物などが並んでいた。ところが今は、全国どこでも売っているキャラクターグッズやファンシーグッズがひしめいている。本当に安っぽいところになってしまった。

私は日本中いろいろなところで、かつての思い出を裏切られる。もしかすると、観光地はこういう建物にするように、こういう土産品を売るようにという法律でもあるのかもしれない。

さて夜からの蟹パーティーは、海に面したレストランで行われた。私たちのように、東京から来た者が十人ほど、それに地元の方たちが混ざる。

テーブルの上には、見たこともないような大きな花咲き蟹が置かれている。まるでオブジェのような見事さだ。その隣りには、毛蟹が大皿にどーんと並んでいる。

「見た目は花咲き蟹の方がいいけど、毛蟹の方がずっとおいしいよ」

と友人がささやいた。が、山梨県人の私は、こういう大物を目の前にしただけで何だかよくわからぬ。足もミソも好きなだけ食べられると思うと、胸がいっぱいになるのだ。しばらくするとテラスでのバーベキューが始まった。ウニ、帆立が次々と焼かれる。そして蟹の足が焼かれ、それこそ山盛りにして運ばれてくる。私はこれほど大量の蟹を見たこともなければ、もちろん食べたこともなかった。蟹は甘い、やわらかい。が、すぐにお腹がいっぱいになることも知った。ああ、宅配便でこれをうちに送ることが出来たら……が、函館は遠く、帰るのはあさってだ。

「はーるばる来たぜ、ハッコダテへ～」

気づくと口ずさんでいた。

オヤジと温泉

最近すっかり旅づいている私である。函館で友人のリサイタルを見た後は、洞爺湖へまわった。山のてっぺんにある素敵なホテルに一泊する。

ここはある週刊誌で特集した、

「失楽園・あなたの凜子と行きたいホテル」

ナンバーワンに選ばれたところだ。窓から湖が見え、ホテルが広いためひっそりとしている。夜景が素晴らしいホテルのバーは、平日のためほとんど人がいない。レイク・サイドというカクテルを飲みながら、女友だちと二人、

「どうしてあんたとここに来なけりゃいけないのかしら……」

と思わずため息が出る。

東京へ戻り、すぐ次の日は大分県日田市へ。ここで講演会をした後、次の日は車で一時間ほどの由布院温泉へ向かう。筑紫哲也さんが学長をしている日田市の自由の森大学講演会は、由布院温泉一泊付きという粋なおまけがあるのだ。

これを話したところ、皆が行きたがって、編集者四人も由布院温泉にやってきて合流した。そのうち一人は大分が生んだ銘酒「西の関」の蔵元のお嬢さんである。男性編集者たちは、蔵に入って飲むお酒がめあてだったらしい。今はお酒を仕込む前のシーズンだから、蔵へ行っても何もないと言われ、かなりがっかりしていた。

それにしても、いつ来ても素敵な由布院温泉である。私たちが泊まった玉の湯は、ひと部屋が独立していてそれぞれに内風呂がついている。部屋を飾る可憐な野の花に、私たち女の子グループはため息をつく。

けれども男性の方ははっきり言って、オヤジをしている。違う会社だから、すぐに情報交換を始める。「失楽園」に出ていた川島なお美の体がどーの、こーの、週刊ポストの人事がどうした、こうした、という話ばかりで、

「こんな美しい高原に来て、そんな業界の話はやめようよ」

と私がたしなめたぐらいだ。

レンタカーを借りて皆でドライブした。久住《くじゅう》町のコスモス畑は一度行きたかったところだ。前日の台風でかなりひしゃげてしまったものの、ピンクの花がずうっと続く風景は何ともいえず爽快であった。

そして帰りが近づくにつれ男性たちは次第に無口になってきた。彼らは三十代後半と四十代になったばかり。ちょうどワルいことをしたい盛りである。ロマンティックで静かな温泉地を見ているうちに、よからぬ計画といおうか、願望を持ち始めたらしい。

「明日からコツコツ貯金をするんだ……」

とつぶやいている。

「大分までは遠いから、飛行機代を入れて二人で二十万っていうとこですかね。ボーナスの時に頑張れば、来年の春ぐらいにはもう一度来れるかもしれないなあ……」

どうも奥さん以外の女性と来たいらしいのだ。どうしてこういう発想しか出来ないのかと、私たち女の子グループはすっかり呆れてしまった。

さてまた東京にいったん戻り、今度は金沢である。女性誌で、

「林真理子さんと行く金沢」

というグラビア記事をつくるためである。美貌の編集者ハナツカさんが一緒だ。つけ焼刃というやつであるが、前日エステティックサロンへ出かけたところ、やはり彼女のファンの先生が、しきりに羨ましがる。

「いいわねえー、明日からハナツカさんと朝から晩まで一緒にいて、ハナツカさんとご飯を食べられるのね」

ハナツカさんは、私が来るずっと以前から、このエステティックサロンの常連なのである。

「あんな美しくてエレガントな方はいないわ」

と先生は言う。

なにしろハナツカさんの美貌ときたらすごいもので、金沢空港に降りたったとたん、

若い男の人が大きな封筒の裏にサインしてくれと走り寄ってきた。こんな美人は、女優さんかタレントさん以外あり得ないと思ったらしい。

が、ハナツカさんはキッとひと睨みして追い払った。何しろ目立つことが大嫌いな女性なのだ。

三十代で編集長代理という立場の彼女は、いかにもキャリアウーマンといったパンツスーツに、きりっと髪を束ねているのもカッコいい。しかも彼女のすごいところは、常に品位とたおやかさを忘れないところだ。携帯でカメラマンに指示する時も、

「それでは、ちょっとお店の方にお聞きしてくださらないかしら、よろしくね……」

こんな言葉遣いで喋る編集者は、ハナツカさんぐらいだ。

取材でお会いした金沢の芸者さんや友禅作家の方たちも、

「そこらの女優よりもずっと綺麗やわ」

と驚いていた、その言葉の陰には、

「ハヤシさんが出るより、あの人がグラビアに出る方がずっといいんじゃないの、金沢の街にぴったりやわ」

という思いが込められているようであり、私は肩身が狭い。

さてその日泊まったところは、金沢の老舗旅館浅田屋さんである。夕食の席に着いたハナツカさんは、浴衣に丹前といういでたちに、髪を軽くアップしている。旅館の浴衣は、どんな女の人が着てもだらしなくなるものであるが、ハナツカさんは違っていた。

湯上がりの薄化粧が実に色っぽい。それも清楚な色っぽさなのである。気がつくと、

「私が男の人だったら、絶対にハナツカさんと一泊旅行に来たいと思うわ」

わけのわからぬことを口走っていた。

「こういう高級旅館にハナツカさんみたいな美女！　もう最高でしょうね」

男の人の気分がやっとわかった。私はいつのまにかオヤジの目で、彼女のことを見ていたのである。そうか！　やはり一泊旅行の醍醐味は浴衣のうなじかあ、お酌をするしぐさかあ……。男の人ってこういう楽しみがあったのか……あの男性編集者たちを責めても、これはもう仕方ないか……。

海草の私

日曜日の夜、久しぶりに仲よしの女友だちとご飯を食べることになった。

最近有名レストランが、カフェと雑貨屋を一緒にした店をオープンしたという。さっそく出かけていったのであるが満員で入れない。それならばといきつけの中華料理屋に足を向けたのであるが、定休日でもないのにどういうわけか閉まっている。

二人で街をぶらぶら歩いていたところ、ある看板が目に入った。

「知ってる、この店！」

私は叫んだ。

「〝ぴあランキンググルメ〟で、堂々一位に輝いた店だよ」

〝ぴあランキンググルメ〟というのは、〝ぴあ〟の読者が投票で選ぶおいしい食べ物屋さんである。もちろん若い人たちが選ぶから、安い店ばかりだ。しかも量があって、店の人が感じがいいかどうかと、結構厳しい基準によって選ばれているのだ。

その店も日曜日だというのに繁盛していて、窓から見ると何組かのグループがテーブルを囲んでいる。さっそく二人で入ってみることにした。が、油のにおいがむっと鼻にくる。

注文したライスコロッケは、ご飯の中に生クリームとひき肉が入っていてすごいボリュームだ。なかなかおいしかった……と言いたいところであるが、あまりのしつこさと油っこさに半分残してしまった。

このことは私にとってかなりショックなことであった。若い人にとってはとてもおいしいものが、もう私の口には合わなくなってきているのだ。これは格別私が贅沢になったというわけではない。それが証拠に、私は今でも立ち食いのうどんやおソバが大好きだ。そば屋のカレーライスも私の大好物である。

何を言いたいかというと、中年になった私の体が、こうした油っこいものを拒否している。そのことに気づいたのだ。

「そういえば、ここ何年もピザとかドリアっていうものを食べてないわ。体が受けつけないのよ」

と友人がいう。私もこんな思い出話をした。

「大学生の頃は、毎日みたいに学校前の東宝パーラーでドリアを食べてたわ。チーズとご飯がぐちゃぐちゃに混ざったとこをすごくおいしいと思った。ピザなんか、それこそ一人一枚ぺろって食べたもの。あれって体が要求していたのね」

お鮨を三人前食べろと言われたら、いくらでも出来る。しかし今の私は、おそらくドリアを一皿食べることが出来ないであろう。そのことを考えるとちょっとせつない気分になる。

まだ若い、若いと思っていたけれど、体ってなんて正直なんだろう。もうこうしたエネルギーは必要ないのと、舌に伝えているのである。

食事を終えた後、二人でオープンカフェに入りお茶を飲んだ。このオープンカフェは、東京でも一、二を争うおしゃれなカフェだ。店の片隅で男女のグループが、サッカーゲームに歓声をあげていた。

「まあ、この店って、どうしてこんなに可愛い女の子ばっかりなの。東京中の美人が集まっているみたいね」

それから友人はちょっと声を潜《ひそ》め、しみじみと言った。

「もうこういう女の子には、どんなことしてもかなわないっていう感じよね」

「まあ、あなた張り合う気なの」

「私はさ、そっちと違って独身だから、やっぱり気になるのよ。だけどさ、もしこういう女の子じゃなくて、私の方に向いてくれる男の人がいたら、私はそういう男の人に感謝するわ。本当に有難いと思う」

「そんなに気弱なことを言っちゃ駄目よ」

私は彼女に友人A子の話をした。A子は私より幾つか年上なのであるが、モテる、モテるとさかんに自慢する。確かに彼女に言い寄ってくるオジさんたちは多いらしいのだ。

ってこない。

「それって金魚鉢の世界じゃないの」

私はA子に言った。

「狭い業界、女という藻が五、六本ゆらゆらしてる中で、モテたって何の意味があるっていうのよ。私はあなたより、ターゲットがぐっと広い分、いろいろ大変なのよ」

何だかよくわからないが、この言葉はA子を激怒させたようで、その後電話がかかってこない。

「とにかくさ、私たち年増には年増の魅力があるはずなんだから、それに賭けようよ」

と我々二人は慰め合ったのである。

さて次の日、私はエステに出かけた。年増というのは、メンテナンスがいろいろと大変なのである。その日私が出かけたところは海草エステで、体にたっぷりと、どろどろした海草のエキスを塗られる。それにゴムマットをかぶせ、下からヒーターをあて体全体を温めるのだ。するとかなりきつくコンブのにおいが漂ってくる。私は自分が巨大な一本の藻になったような気がした。海の底でゆらゆら揺れている藻、けれども行きかう魚たちみんなに知らん顔されているのさ……。

気づくと私はぐっすりと眠っていたらしい。エステティシャンの女性が、

「よくお休みになっていたので、時間を延長しておきました」

と同情深げに言う。おそらく私は、身も世もなく寝入っていたのだろう。

私はふらふらと立ち上がり、シャワーを浴びた。そして服を着て外に出る。歩いて家

に帰る途中、スーパーに寄って夕飯のおかずを買う。トリの唐揚げにしようか、それともナスのはさみ揚げにしようか、さんざん悩んだのであるが、平凡にサンマを焼くことにした。ついでに試食販売をしていた三陸海岸のワカメも買う。今日はこれで酢のものにするつもり。

なんだかずうっと海草が私にとりついているようだ。あれからワカメの酢のものばかり食べている。しかし不思議なことにまるっきり瘦せない。体重はドリアを食べまくっていた時よりもずっと多い。私が悲しいのは、実はそのことなのである。

怪談

先日、文藝春秋から『怪談』という文庫本を出したのであるが、お読みになっていただいただろうか。

ＰＲのようになって申しわけないが、この本は、

「現代において、男女の繋《つな》がりの摩訶不思議さこそホラーである」

というテーマを描いた短篇集である。

怪談は怪談でもちょっと意味合いが違う。

では私の体験したこの出来事も、やはり怪談というのであろうか。

つい最近のこと、私は二泊三日の講演旅行に出かけた。各方面にご迷惑がかかるといけないので、関西のとある町としておこう。

出版社が主催するその講演会は、私以外にもう一人講師の方、出版局の部長、担当編集者といったメンバーで構成されている。

地元の方が大歓迎してくださり、終わった後は宴会なども行われる、なかなか楽しい

旅行だ。

講演会の一日めが終わり、急行で二時間かけ、次の町に向かった。途中から雲ゆきがあやしくなり、その駅に降りたった時は、冷たい秋の雨が町を濡らしていた。

そして車で五分、到着したところは古びた旅館だ。板塀の向こうに松のある小さな前庭、そして木造の二階建て……。

「松本清張さんの小説に出てくる旅館みたいだ」

私は叫んだ。

二階の障子の窓の陰に、ハンティング帽の刑事が息を潜めていそうである。

障子の窓、よく磨き込んだ正面の階段、応接間のソファにかかったレースのカバーと、そこいらに昭和三十年代のにおいがぷんぷん漂っている。おかみさんに聞いたところ、この旅館は建てられてから七十年はたっているということだ。

林業が盛んだった頃は、この旅館の座敷で材木問屋たちが、毎晩派手に宴会をしていたという。今でもこの町でいちばん格式の高い宿泊施設なのだ。人口が二万八千のこの町では、後はビジネスホテルが二つあるだけである。

私の部屋は八畳に二畳の続きの間、今ではもう見ることの出来ないような古い型のスタンド、鏡台などが置いてあった。

確かにレトロな雰囲気であるが、食事はおいしいし、おかみさんも大層感じがよい。しかし困ったことに、当然のことながら部屋にはトイレも洗面所もない、トイレは廊下をずうっと曲がっていったところに、男女一緒になった手洗い所がひとつあるだけだ。これはかなりタイミングをはからなくてはならないだろう。

「八室とお聞きしてましたけれど、今夜の客は私たちだけでしょうか」

「いいえ、今ね、県の体育祭がありまして、剣道と薙刀《なぎなた》の先生がお泊まりになっています」

それでは、かちあわないようお手洗いに行く時は、さらに気をつけなくてはならない。今夜は水分をあまりとらないようにしようねと、女性編集者と話し合う。

けれども、ちょっと私は贅沢に神経質になり過ぎていると反省した。私が大学生の頃、トイレは共同、お風呂は銭湯というのはあたり前の話であった。旅行する時もユースホステルか安い公共施設だったから、トイレやお風呂が共同であったとしても何とも思わなかったはずだ。それなのにこの頃は、仲のいい女友だちとでも絶対に一緒の部屋にはならない。ホテルもシングルなんか絶対にイヤ、せめてツインのシングルユースでなけりゃ、なんて言ってる私は、何サマなんだ……。

とまあ、私は自分に言いきかせる。地元の方との歓迎食事会が終わって部屋に戻ると、清潔な寝具が敷かれていた。古びたスタンドの型が、あかりがつくと可愛い。これまたアンチックと思えるほどのテレビにスイッチを入れた。あまり鮮明でない画像も旅の風情というものかもしれない。

その時私は、不思議な声を聞いた。まるで獣が吠えるような不気味な声だ。テレビを消してみる。もっとはっきりと聞こえる。

怖くて体が震えてきた。

どうして誰も騒がないんだろう。

どうして誰も何か言ってきてくれないんだろう。

吠えるような声は、次第にうなり声に変わっていった。両側は壁だというものの、廊下に面しているところはどの部屋も襖《ふすま》だから、声がよく通るのだ。それなのに誰かが起きてきたり、声を確かめようとする気配はない。

どうしようかと、私は途方にくれる。こうしている間にトイレに行きたくなってきた。けれどもあの長い廊下と、人の部屋の前を通っていくことを考えると気が進まない。起きているから、トイレに行きたくなるのだ。とにかく横になろうと、部屋のあかりはつけたまま私は横になる。その間も、ウオー、ウオーといううなり声は聞こえてくる。

「もしかすると」

と、私は思った。

「この声が聞こえているのは私だけではないか。だから誰も起きてこないのだ」

どうしよう、私はどうやらおかしな世界に入り込んだらしい。どうしよう、どうしようと思いながら、私は昼間の疲れから、ほんの一瞬まどろんだらしい。その時に金縛りが来た。お腹の上に何か重い物体が乗ってきたのだ。この感覚は生涯二度めである。一度めは今から十三年前、カンヅメにされていた軽井沢の某出版社の寮でのことである。

今度は出版社主催の講演会、私の恐怖体験はいつも本と関係があるなと全く場違いな呑気なことを考えたら、金縛りはすぐに去っていった。が、眠ることは出来ない。そのうなり声は朝まで続き、私はその後一睡も出来なかった。

翌朝、おかみさんに言ったところ、

「ああ、薙刀の女の先生でしょう。七十五歳というご高齢のせいか、夜中にうなされていたみたいですね」

そうか、薙刀で鍛えていたから、あんなに声が通っていたのか。朝、明るいところで聞いたら何でもない話だ。

私の怪談といっても、せいぜいこの程度のことである。スイマセン。

ぶっきら棒の女

私の書いた本のテレビ化、映画化のプロモーションで、最近テレビに出ることが多い。これが友人の間でえらく評判が悪いのである。

「ぶっきら棒で無愛想」

というのが、皆の一致した意見だ。

「そうかなぁ、私って愛敬で売ってるタイプだと思ってたけど……」

と言ったら、

「どこがー！」

といっせいに抗議の声があがった。

スタジオで座っている場合は、つくり笑いのひとつも浮かべる余裕があるのであるが、私が苦手とするのは〝立ちインタビュー〟というやつだ。

有名人の結婚式、あるいは葬式、パーティーなんかでやるアレですね。私なんかだと、めったにワイドショーの方々から声をかけられることはないのであるが、それでも他に

めぼしい人が来ていない時は、枯木もナントカで、

「お願いします」

ということになる。

カメラマンやテレビのクルー、ワイドショーのリポーターといった方々にぐるっと囲まれるのは、そりゃあ緊張するもんです。視線をどこに置いていいのかもわからない。

友人のアドバイスによると、その際私は伏目がちになって、不機嫌そうな老けた顔になるそうだ。が、マイクを突き出すリポーターの方々と目を合わそうとすると、自然にこの角度になってしまうのである。

「どうしてにこやかに、笑いながら話すことが出来ないの」

という意見もあり、挑戦を試みたこともある。人の話を聞いている間、微笑んで口角をぐっと上げるのだ。が、これには無理があったようで、

「あのぎこちない口の形だけはやめてくれ」

と男友だちがわざわざ絵を描いてファックスをくれた。

この年になると、いろいろとわかってくることがある。自分で認識している自分と、他人が見ている自分との間に、いかに大きいギャップがあるかということに近頃やっと気づいた。

私は他人に対してサービス精神が過剰である。その場を盛り上げるためにつまらぬことをぺらぺら喋り、後で三日ぐらい自己嫌悪に陥る。これについて私は長いこと悩んで

いたのであるが、また別の面があることを知った。

私にはごく最近知り合った、素敵な男性がいるのであるが、この方から、

「ハヤシさんって、最初会った時になんておっかない人かと思った」

と言われ、それこそたまげた。

確かに私は初対面の人に対して警戒心が強く、非常に人見知りをするタイプである。が、それを克服してにこやかに感じよくしているつもりなのだが、

「全然そんなことはない」

とその人は言う。あら、そうなの……。ちょっと親しくなると、私はタガがはずれたように、好意と愛敬を全開にする。が、そこまで私を待ってくれる人はなかなかいないもんな。

つい先日のこと、かなり夜遅く電話が鳴った。出てみると地方に住む仲よしの友人からである。が、かなり酔っていて酒席からかけているらしい。

「あのさー、私があなたと親しいっていっても誰も信じてくれないのよ。だからさー、この人に替わるね」

見知らぬ男の人の声がして、くどくどと何か喋り始める。もちろん私は、こういうのって大嫌い。

「あー、そうですか。へー、そうですか、ハイハイ」

〝木で鼻をくくる〟といった表現がぴったりの返事をしていると、傍で夫が怒鳴る。

「何だ、その返事は。○○さんの立場がないだろ。もっと愛想よくしろ、ちゃんと応対しろ」

私は声のトーンを上げ、つくり笑いをする。

「まあー、そうですか。まあ、お世話になりますわねー」

顔も見たことがないオジさん相手に二十分も喋ることになった。これは私にとって画期的なことだ。なぜなら私は、電話になるとさらに一層愛想が悪くなるようなのだ。

「ハヤシさんとこの秘書、ハタケヤマさんっていうんでしょう。あの人って電話の感じが悪い」

という苦情を時々いただくが、すいません、その電話は私がとりました。ハタケヤマ嬢は、私が横にいていらいらするぐらい、すべての電話に丁寧である。

私がどうして電話で感じが悪いかというと、くだらん電話が多過ぎるからだ。

「もし、もし、マリコさんいらっしゃる」

姓でなく名前をなれなれしく口にする電話は、必ずセールスが目的である。

「もし、もし、マリコさんお願いします。ご本人お願いします」

としつこく言う人に限って、自分の名前は言わない。だから私の冷たいひと言が飛ぶのだ。

「失礼ですけれど、どちら様ですか」

が、私も大人になったことだし、愛想がないと非難も多い。せっかく出会う人たちに警戒心を持つのはよそう。なんか罠を仕掛けているのかという目で見るのはよくない。これからは人間性善説を信じようという気持ちになったある日、ワイドショーでこんなことをやられた。立ちインタビューの時、私はかなりきつめのジャケットを着ていた。アルマーニの本当に細目なのを自分でも気にしながら着た。

私が気になる部分は、皆さんも気になっていたのね。次の日の某ワイドショーは、私のピチピチのボタンをアップで映し、

「あまりにも忙しくてストレスからまた太ったんですね」

だと。

私が他人に警戒心を持つのはあたり前じゃないか。皆が寄ってたかって、この人懐《なつ》こい純真な私を、ぶっきら棒の女にしたのである。くっくっ……。

美人の気持ち

近所に住む広島出身の友人から、なんとマツタケをもらった。松の葉にくるまれた、それはそれは立派なマツタケである。ダイニングテーブルの上に置き、しばらく眺めることにした。

そこへやっていらしたのが、雑誌の取材の方々である。私の日常生活を撮りたいということであった。

「キッチンに立って、何かお料理をしている風にしてくれませんか」

私は当然のことながら、マツタケを取り出す。

「今夜はこれで、マツタケご飯をつくることにしていますから」

「おお」

驚きの声があがった。甲斐甲斐しくマツタケと油揚げを刻む私。それを撮るカメラマン、見つめる女性記者。実はこの取材、私の素顔に迫るとかいう、追っかけグラビアなのだ。であるからして、もう何度もいろいろなシチュエーションの写真を撮ってもらっている。

すべての撮影が終わり、皆でお茶を飲んでいる時だ。女性記者が不意に尋ねた。

「ハヤシさんって、本当にモテそうですね。今でもいろんな男の人から言い寄られて困るんじゃありませんか」

こんなことを言われて、喜ばない女がいるであろうか。嬉しさのあまり、瞼《まぶた》の裏側が熱くなってきた。

「いやあ、そんなことありませんったら」

と言いながら、唇がだらしなく笑っているのがわかる。

「あ、そうそう、マツタケを半分持っていかない」

「え、いいんですか」

「いいのよ。うちは二人暮らしだから、マツタケはそんなにいらないの。ぜひ持っていって頂戴」

遠慮する彼女に、無理やり三本のマツタケを押しつけた。

その夜、マツタケの含有量の少ないご飯を食べながら夫が怒鳴る。

「どうしてキミって、そんな見えすいた世辞に弱いんだ。そんなの、本気で言ってるかどうかすぐにわかるだろ」

そうはいっても、日頃あまり誉められたことのない私の体は、お世辞だろうと何であろうと、甘い言葉を砂糖水のように吸い取ってしまうのだ。

その夜私はソファに寝ころび、あれこれ考える。この世には美人という女性がいる。美人というのは、お世辞でない誉め言葉を、一生のうちどのくらい耳にするのであろうか。そういう言葉は、あまりにも慣れ過ぎていて嬉しくないものなのであろうか。それともやっぱりにこっと笑ってしまうものであろうか。

私は以前、世界一の美女といわれるカトリーヌ・ドヌーブと対談したことがある。わりとお高くとまっていて、ものすごく近寄りがたい雰囲気であった。

私が、相変わらずお美しいですね、みたいなことを言うと、そんなのあたり前でしょうと言わんばかりの冷たい微笑をうかべたのを憶えている。

そこへいくと、元祖スーパーモデル、イネスはもっと気さくで、

「顔やスタイルのことばっかり誉められるのは、正直言ってむっとするわ。だって頭は空っぽみたいに思うじゃないの」

とあけすけに語ってくれた。それよりも事業手腕や、転身したデザイナーとしての才能を誉めてもらいたいそうである。

ああ、美人というのはなんて贅沢なんだろう。

先日もテレビのインタビュー番組を見ていたら樋口可南子さんが出ていた。新潟から上京して、銀座のあんみつ屋さんでアルバイトをしていたら、すぐにスカウトされたという。

「そうだろうなあ、こんだけ綺麗なんだもんなあ……」

ホステスさんにならないかという誘いもすごかったそうだ。

「ちぇっ、私も学生の頃、しょっちゅう銀座歩いてたけど、いっぺんだって声かけられたことないぞ」

あたり前のことなのに、なぜかひがむ私。

樋口さんは朝の連続ドラマの中で、母親役を演《や》っているのだが、これが非常に魅力的なのだ。地方の農婦からお手伝いさんになる役だから、ひっつめ髪に化粧っ気もない。が、それが肌の美しさや、整った目鼻立ちを引き立てている。どうしたってすごい。

私の想像はさらに続く。

「もし、樋口さんほどの美人が、新潟の農協に勤めたりしていたら、どんなことになるんだろうか」

おそらくすごい評判になったことであろう。近在の男性たちが、みんな樋口さんを見ようと、軽三輪でやってくるのではなかろうか。

山咲千里さんが山梨の市役所にいたら、高島礼子さんが福岡のデパートガールだったら、瀬戸朝香さんが鳥取砂丘のお土産屋の店員だったらと、あれこれ考えるのはすごく楽しい。

彼女たちはそのまま地味な情況に甘んじるのであろうか。それともまわりの人たちに押し出されて、自然と野心を持つのであろうか。

うーん、よくわからない。わからないままに私は悩みもだえる。しかし、美貌について特殊な才能を持つ人が、他人の言葉によって何か芽生えさせるのは事実らしい。

私が猫をもらった獣医さんは世田谷にお住まいで、その近くには有名な女優さんの実家がある。獣医の奥さんは、彼女が小学生の時に愛犬を連れてきて以来の仲だという。

「私はずうっと言い続けたの。○○ちゃんは本当に可愛いわね。きっと将来は女優さんになるのねって。このあいだ久しぶりに会ったら、私はやっぱりあの時のおばちゃまの言葉をずっと憶えてたって言ってたわ」

誉め言葉が美女を育て、日本の芸能界を支えているのである。

私のような普通の女だと、誉め言葉は元気を育て、活力をつくる。もっともっと欲しい。マツタケぐらいいつでもあげるからさ……。

ペットの寿命

うちのペットたちも高齢化を迎えている。

母親違いの兄妹である、猫のミズオとゴクミは今年十歳になる。人間でいうと七十歳ぐらいなのだそうだ。

「えー、もうそんな年なのか。じゃああんまりいじめるのはよそう」

と夫も驚く。

そういえばこの頃二匹とも、朝から晩まで寝てばかりいる。昼間ほとんど寝ているのだから、夜は起きているのかというとそんなことはない。ゴクミの方は毎晩私の枕元で寝息をたてる。

若い時は「生きているヌイグルミ」と称えられた美猫であるが、今もとても可愛い。丸くドーナツ形をして寝入っている姿を見、かすかな寝息を左耳に感じながら眠る安らぎ……。おそらく猫好きの人ならわかっていただけるであろう。

私の友人、知人はひとり暮らしをしている女性が多い。そしてかなりの確率で猫を飼っている。ある知り合いの猫は、なんと二十五年生きた。私も家に行って何度か見たことがあるが、白いペルシャでなんだか意地が悪そうであった。

いやや、よその家の猫というのは、たいてい意地が悪そうに見えるものだ。絶対に客になつかないから愛着もわかない。が、それも飼い主にとってはますます愛《め》でたくなる要素になる。

その猫が死んだ時、しばらく何も手につかなかったそうだ。

「悲しいとか、つらいっていうんじゃなくて、茫然としてしまうの。掌にあのぬくもりがないっていうことが信じられなくなるのよ」

もう一人の友人の猫も二十年生きた。この猫は私が抱こうものなら、ギャーッとすごい声で鳴き叫んでちっとも可愛くなかった。が、飼い主にとっては大切な猫である。ある日私は、異様な電話を受け取った。

「……、……」

向こう側からは、ひっくひっくと息遣いがかすかに聞こえてくる。いたずら電話かと思ったら、それは嗚咽《おえつ》する友人の声であった。

「あのね……、ひっくひっく、猫が死んじゃったの」

「まあ」

私はとても同情したが、こういう時の対応というのは非常に困る。一緒になって泣けるかというと、そこが人間の死と違うところで、心のどこかに、

「そうはいってもさあ、やっぱり猫だしさあ……」

という気恥ずかしさが生じるのである。

「二十年も一緒だったのよ！」

彼女は叫ぶ。

「どんな男とよりも長かったのよ。ひっく、ひっく……」

彼女は確かに恋多き女性で、その名声はつとに鳴り響いていた。結婚と猫との同居を同じにする譬《たと》えに、私は不謹慎にもちょっぴりおかしな気分になったものだ。

情緒というものを全く持ち合わせていない別の友人などは、猫の死を伝える電話を聞き、飼い主の取り乱し方の凄さにゲラゲラ笑い出してしまったそうだ。

「人間も死ぬんだから、そりゃあ猫だって死ぬわさ」

もちろん彼女本人は、めんどうくさいからと言って犬や猫も飼っていない。

しかしペットを持つ女と性格との相関性はあまりないような気がする。猫をいじいじと可愛がるから、じっとりとした暗い性格かというとそういうこともなく、逆にやたらドライで男性的な女性が猫を数匹飼っていることもある。この場合はペットショップへ行って何かを選ぶ、という積極的なものでなく、

「公園で死にかけているのを仕方なく拾っちゃった」

といったような消極的なきっかけが多いようだ。

ところで私は、ペットの死をこの手で迎えたことがない。子どもの頃は親が処理して

くれただろうし、大人になってからは飼いきれなくなったものを、親元や友人のところで預かってもらった。みんなそこで終焉を迎えたのである。

「ねえ、あんたの時は、ペット霊園に埋葬してあげるからね」

私はミズオに話しかける。賢そうな目を見開いて、じっとこっちに耳を傾けている。本当に可愛い猫だ。

「赤塚不二夫さんちの菊千代みたいに、立派なお葬式は出せないだろうけど、ちゃんとそれなりのことはしてあげる」

前足をちょんと揃えて、私の言葉を聞いているミズオ、もしもこのコが死んだら、私はもちろん泣くだろう。が、一カ月ぐらいで立ち直ってみせる。ペットとはそんなものだ。電話で泣きじゃくって、

「私ももう死にたい」

と言っていたあの友人も、二カ月しないうちに何度めかの結婚をした。ペットの死というのはそういうものであろう。人の死と違い、人の心で慰められることがある。

私のことより心配なのは、田舎の両親である。実家には今「タロー」という名のマルチーズ犬が飼われている。近くに住む従姉の家のパグ犬は「ハナコ」、別の従兄の家の犬は「ジロー」という名で三匹とても仲がよい。「タロー」はもうそろそろ十三歳になる。これは相当の年だそうだ。

「お父さんと私、そしてタロー」

ブラックジョークの大好きな婆さんであるうちの母は、突然三方を指さし始める。数え唄のように歌い出す。

「誰が、いちばん、早いか？」

出来ることなら、タロー、父、母の順にしたいそうであるが、そううまくいくものでもあるまい。それより何より、タローが死んだりしたら、うちの親もがっくりくるだろうというのがおおかたの予想だ。

「そういう時は、似たような仔犬を用意しといて、さっと連れてくんだよ」

と皆に言われている。

親の高齢化に加え、私はペットの死という厄介な問題を抱えているのである。

お連れさま

一流ホテルで働く人たちは、みんな高潔な人物に見える。

若い男の子でもきちんとタキシードを着ていると、うんと立派に見える。ラウンジやレストランで働く彼らというのは、よく教育されていて感情など露わにしない。こちらがどれほどくだらない話をしていても、全く聞こえていないかのようだ。きっと客のプライバシーに関することは、厳しくタブーになっているのだろう。

「そんなことはあたり前のことです」

あるホテルの社長さんがおっしゃったことがある。

「ホテルマンとして、うちがまず叩き込むのはそのことですよ。ここで見たり聞いたりしたことは、いっさい口外しちゃいけないってね」

先週のことである。繁華街を歩いていたら道を一本間違えた。行こうと思っていたホテルの裏側に向かっていたのである。

ふと見ると、大きな通りに面して、

「〇〇ホテル通用口」

と書かれたドアがあった。大きなホテルであるから、ちょっとした会社の入口のようである。そこから若い男の子がふらりと出てきた。耳にケイタイをあてたまま、信号が赤なのに堂々と道をつっ切っていく。その様子といい、着ているもののファッションセンスといい、そこらのおニイちゃんである。まさに一流ホテルの裏側を見たりという感じである。

あの彼も黒服を着てホテルのどこかに立ったら、きちんとしたホテルマンに見えたであろう。お茶なんか運んできてくれたら、ちょっとどぎまぎしたはずだ。私は何年たっても、一流のホテルで物を食べたり飲んだりするのは緊張する。

が、もうそんなことをしなくてもよかったんだ。ホテルで働く人というのも、あたり前のことであるが、普通のニイちゃん、ネエちゃんだったんだ。

私は最近知り合ったある人との会話を思い出した。ホテルに就職した彼女は、入社したての頃ずっとベッド・メイキングをさせられていたのだという。それこそドラマを山のように見てきたそうだ。

「どんなに誤魔化しても、そういうことをしたベッドというのはひと目でわかりますよ」

「へえー、そういうもんですか」

「まず皺《しわ》の寄り方がまるっきり違います。ひとりで寝ているのと、ふたりでそういうことをしたのとはです」

ハヤシさんにいいことを教えてあげるワ、と彼女が言った。

「ホテルのベッドでそういうことをしたら、マットレスを少し持ち上げ、はさんであるシーツの皺を伸ばしてください。これで大丈夫ですよ」

が、私が書きたいのはこういうことではない。

「ホテルの人間なんて、本当に口が軽いんだから」

という彼女の証言である。

「芸能人の誰それが泊まってるなんて、情報としてすぐ流れるもの。そしてそういう人って、ツインかダブルの部屋を予約して女の人を連れ込むでしょう。でもね、ツインをお二人で使うのと、ツインのシングルユースとじゃ、料金が違うんですよ。ダブルだってそうです。そこを誤魔化してひとりということでチェックアウトしても、私たちルームサービスの者がただちに教えます。するとその人は料金を誤魔化そうとしたということでブラックリストに載るんですよ」

ブラックリストに載るぐらいならともかく、ホテルの人たちにあれこれ噂されるなんてぞっとする。

そうそう、ホテルマンについで、私はデパートの人たちも信じていた。秘密は守り、口が堅い人たちだろうと。ところがそんなことはまるでなかった。

もう八年近く前のことになる。結婚する少し前だ。ある友人から電話がかかってきた。

「ハヤシさん、今日〇〇デパートで指輪を買ったでしょう」

「えー、どうしてそんなことを知っているの」

「〇〇デパートの貴金属売場に友人がいるんです。そいつから今電話がかかってきて、『ハヤシマリコが婚約指輪を買いに来た』ってすごく興奮してたんですよ」

私はにわかには信じられなかった。あのデパートさえ、陰ではそんなことをしていたという驚きと不快さである。まあ、人間だから仕方ないと思うが、サービス業に就く人たちは、やはり何かこれぞという信念を持っていただきたいと思うのである。

つい最近、私は温泉旅行を計画した。行くところは、かの「失楽園」の舞台にもなった高級旅館である。ここでおいしいものを食べ、湯につかり、夫婦喧嘩ばかりしている状況を少しでも打開しようという腹づもりであった。ところが夫が、いつものようにイヤだよーと言う。こんな冗談も寝ころびながら口にした。

「他の男の人と行ってきなさいヨ」

「そんなもん、どこにいるの」

「そりゃそうだな」

という会話があり、結局は女友だちと二人、割りカンで行くことになった。いちばん避けたい事態になったのである。

が、もしも、と私は思う。

「私が本当に愛人と来たらどうなるんだろうか」

そんなある日、偶然ある老舗旅館のおかみさんと会う機会があった。私は好奇心まる出しで質問する。

「もし、あきらかに女房じゃない若い女性と来ていたらどうするんですか」

「どうもしません。ふつうにお世話させていただきます。そういう時、女性は必ず〝奥様〟とお呼びします」

「じゃ、女の方が顔を知られている場合は」

「そういう時、男性に向かっては〝お連れさま〟です」

〝お連れさま〟、なんてうまい言葉なんだ。ニュアンスが伝わっていてやさしい。

それにしてもみんなそんなにしてまで、どうして温泉旅館へ行きたいんだろうか。決して不思議じゃないが……。

オヤジの秋

京都に仕事が出来た。ときは紅葉の頃である。一泊することにする。いつもは日帰りで帰夫が海外出張で留守という幸運も重なり、一泊することにする。いつもは日帰りで帰るところであるから、何カ月ぶりかの京都の夜だ。

が、一人で行くのもつまらないので、親戚の女のコを誘う。彼女はＯＬをしていて時々京都に出張に来るらしい。そのたびによーじやの脂取り紙をお土産に買ってきてくれるやさしいコだ。

そのお礼を兼ね、今回はうんと大人の女の京都を教えてやろうという計画である。

「夜の食事だってね、あんたが普段食べている○○弁当なんかじゃないわよ。ちゃんといま京都でいちばんおいしい店をリサーチしといてあげたからね」

「ほーんと、嬉しい！　マリコねえちゃんと一緒だと、私が一生行けないようなところへ連れていってもらって、本当に嬉しいヨー」

言葉を惜しまず、喜び上手というのがわが一族の特長である。このコもその例にたがわず、いちいち飛び上がるようにして反応するので、私はとても可愛がっているのである。

メーカー勤務の普通のＯＬである彼女は、給料も少ない。が、少ないながらも、倹約をしてお洋服を買い、いつもおしゃれな格好をしている。

私はこういうけなげな女の子を見ると、財布の紐がついゆるんでしまうのだ。なぜか関西弁になる。

「よし、せっかく京都に来たからには着物買《こ》うたる」

「えっ、ウソー」

私は彼女を後継者と定め、私が月謝を払って前から着付け教室に通わせていた。着物に興味がない人にとって、どんな逸品もただの布キレである。私にもしものことがあったらと思い、このコに私の着物を託すことに決めているのだ。

着付けを勉強したおかげで、彼女は大の着物好きとなった。が、可哀相なことに、着ているものはいつも私のお下がりである。

呉服屋さんの店先に座り、あれこれ反物を眺める。そして店員さんからいろんなことを教えてもらう、という醍醐味を彼女はまだ知らないのだ。イヤらしいと言えばイヤらしいのであるが、着物好きの女の人にとっては、この時間というのは麻薬のようなひとときである。

が、もちろん高級なものをプレゼントするつもりはない。

行きつけの京都の呉服屋さんから、バーゲンのハガキが来ていることを思い出していた。着物というと高価なものに思われがちであるが、こういう時ワンピースぐらいの値段で小紋程度のものが手に入る。

ところがもうバーゲンの期間は終わっていたのであるが、奥から赤札のついた反物を持ってきてくれた。中にローズピンクの付下げがあった。身長が百七十二センチある彼女にぴったりのあっさりとした柄だ。おそるおそる赤札をひっくり返したら、信じられないような安さであった。が、私はこの後、京都のいろんなところで、

「いやあ、このコに着物を買ってやっちゃって」

と言いふらし、

「ハヤシさんって、本当に気前いい」

と皆から感心された。私は愛人を連れて京都に遊びに来るオヤジの気分というのは、こういうものかなあと思ったりする。

夜は二人で「草喰い」と銘うったお料理屋さんに行った。野菜料理が主で、時々鴨や鳩が出てくる。特においしかったのが野菜の煮つけで、ぶっきら棒なぐらいどうということのない一品だ。が、ひとたび口に入れると、野菜の味がじわんとしみてくる。

ご主人が言うには、丹波の農家が自分の子どもや孫のためにつくっているもので、普通のルートでは手に入らないそうだ。

地酒を飲んだらぼうーっとしてきた。早く帰って横になりたい気分。が、若い女のコ

の方は、もっと遊びたくてうずうずしている。

「マリコねえちゃん、私ね、舞妓さんって一度でいいから見てみたいよ」

彼女は憧れるあまり、京都で「一日体験舞妓」に応募した経験を持つ。その写真を長いこと持ち歩いていたものだ。

「誰か男の人が一緒だったら、どこかへ連れていってくれたかもしれないけど私には無理よ。私だっていつも誰かに連れていってもらうだけだもん……。あんなとこはね、女二人で行くとこじゃないよ」

「ふうーん、つまんないなあ」

というようなことを、次の店で話したところ、

「任せなさい。すぐに学割で呼んであげるわよ」

店のマスターが胸を叩いてくれた。そして三十分もしないうちに、まるで魔法のように美しい舞妓さんが私たちの横に座った。いくらお茶屋さんを改造したカウンターバーといっても、椅子席のところに舞妓さんが来るなんてと、私は口をぽかんと開けて見てしまう。

舞妓さんの後ろ姿しか見たことのない彼女は感激している。手持ちのポケットカメラで記念写真を撮っていた。

次の日二人で、南禅寺と都ホテルの裏山を歩く。今年は紅葉があまりよくないということであったが、黄金と赤、黄緑が重なり合う景色は、あまりにも豪華でため息が出て

しまう。

写真を何枚も撮り合い、

「さ、お昼は懐石にしよう」

などという自分に気づき愕然とする。これは本当に若い愛人連れのオヤジコースではなかろうか。

キッシンジャーに学ぶ

これは私の人生にとって最長記録だと思うのであるが、なんと二十八日間続けて会食があった。どういうわけかいろんな方との約束が、みんな集中してきてしまったのである。

日曜日だけは空けておこうと思っていたところ、海外に住む親しい方から電話がかかってきた。

「今、日本にいるけれど、日曜日の夜だけ空いているから」

というわけで、空白の一日も埋まったのである。

今までのローテーションだと、週に二回か三回会食があり、それ以外の夜はうんと粗食をとる。夫のためにつくった皿のものをつまむか、リンゴを齧《かじ》る程度にし、体重を調節しているわけだ。が、会食があるとご馳走ずくめである。それもコースで食べる。

こちらが招待されている身の上だと、わからないように残したり、皿数を少なくしてもらうのであるが、困るのは私がホステス側になる場合だ。

「あんまり食べられないので、料理を少なめにね」

などと招待者が言おうものなら、お客さんたちも同調して、

「じゃ、私も少なめに」

「私も……」

と遠慮してしまう。それで、

「食欲ばっちりだから、おいしいものをたくさん！」

と叫ぶことになるのだ。

私の友人でうんとケチなのがいる。この人は割りカンで食べることが最初から決まっていると、

「私はうんと軽くね。そんなにいらないから」

とオーダーしようとしている者たちに先制パンチを加える。そしていろいろ注文しようものなら、

「よく食べられるわね。まあー、そんなものまで食べるの。まー、すごい食欲ね」

とさんざん嫌味をたれるのである。

二十八日間続いた会食の後、京都へすぐ向かい、おいしいものをさんざん食べまわってきた。家のドアを開けたとたん、ハタケヤマ嬢が叫び声をあげる。

「ひえー、ハヤシさん、京都で育ってきましたねえ！」

頬の肉がたっぷりついて、今にも垂れそうだと言うのだ。そう言われなくても、うん

と太ったのはお腹の肉の具合でわかる。椅子に座ると、本当にどっこいしょ、という感じになるのだ。今までもデブであったけれど、本当にデブになったなと実感する。そして、やがてこの短期間についたお肉は、しみじみとした感慨を私にもたらす。それは自分の意志の弱さと、それと背中合わせにある快楽の深さである。

思えば何という幸福であろうか。仕事で知り合った人、そうでない人、全くプライベートで知り合った人が、時々私のことを思い出してくれて電話をくださる。

「ハヤシさん、たまにはご飯でも食べましょうよ」

みんな三カ月か半年に一回電話をくれるのであるが、有難いことにそういう人が何人もいる。それが積み重なり、一カ月続いた会食となったのだ。

全く何という幸福であろうか。が、この私のお肉を考える時、うんと不幸な気分になる。落ち込む。

「私だけがいけないんじゃない……」

気がつくと他人を恨んでいる。

「みんなが、私においしいものばっか食べさせるんだもの。みんなが私を太らせるんだもん……」

が、雑誌のグラビア撮影が続いているため、その後何食か抜いて、エステサロンに出かけた。マッサージをしてもらい、垂れてきた頬肉を必死で上にあげてもらう。ハタケヤマ嬢に言わせると、

「かなりマシ」

になった。

ある料理店のご主人が、こんな話をしてくれた。かのキッシンジャーさんは、食事の際、料理を半分に切ったり分けたりするのだそうだ。そして半分だけを綺麗に食べる。

「残したら汚ないでしょう。そして食べ物を粗末にする人だなあと思われてしまう。ですけどもね、最初から半分にしておいたら、まわりの人は、

『キッシンジャーさんは、毎日宴会続きで大変だろうなあ』

と思うだけです」

なるほどなあと、私はとても感心した。これからはキッシンジャー方式でやってみよう。食べ物をまず半分に切り、そして片方をきっちり食べればよいのだ。が、よく考えてみると、私は昔からデザート類はこれを実行している。アイスクリーム、ケーキなどは最初から食べる分だけ決めるクセがついているかもしれない。

昨日、知り合いの方からケーキをいただいた。私の大好物であるトップスのチョコレートケーキである。これは中にクルミが入っていてとてもおいしい。おいしいがカロリーがうんと高いお菓子である。私は二センチ分だけ切ろうと心に決める。

二センチ見当を多めに切り、皿にのせた。紅茶を淹《い》れおいしくいただく。ここでやめておけば、私も大物になれる。が、三分もしないうちに、私は居ても立ってもいられなくなり、冷蔵庫を開ける。そして再びケーキの箱を取り出す。そして再び二センチ切る。そ

して、これもあっという間に食べてしまった。紅茶をすすりながらテレビを見る。ところが、内容が少しも頭に入ってこない。

「よし、仕方ない」

私はつぶやき、また冷蔵庫を開ける。箱を取り出す。これを繰り返すこと五回、私はケーキの半分食べつくしてしまった。

キッシンジャーさんと同じことをしたようであるが、あちらは意志によって二分割し、半分しか食べなかった。私の方は半分も食べた。この差はとにかく大きい。

なりたい職業

凝り始めると、飽きるまでとことんやるというのが私の性格である。最近はダシ汁を研究している。

言うまでもなく、料理の基本はダシをどううまくとるかだ。先日ＮＨＫの番組を見ていたら、最近の若い人はインスタントの顆粒でとったダシ汁しか知らない。本格的なものと飲み比べてみて、ほとんどの人が顆粒の方がおいしいと言うのだそうだ。

「このままでは日本の料理文化は、大変なことになってしまいます」

と料理研究家の人は言い、私もそうだと頷いた。

次の日、デパートに行く用事があったのでカツオ節削り器を買ってきた。小さな引き出しがついた懐かしい形だ。今までもダシ汁は昆布とカツオ節、あるいは煮干しでとっていたのであるが、既に削ってあるカツオ節はかなり値段が高く、三日ぐらいで使い切ってしまう。この削り器を使ったら、いつも新鮮でおいしいカツオ節がとれる仕組みだ。

ところが家で包装を解いたとたん、夫が突然わめき始めた。

「オレ、絶対にイヤだからなー、絶対にしないからなー」

なんでも子どもの頃、さんざんカツオ節を削らされたという。何十年ぶりかに見たとたん、嫌な記憶が甦ったようなのである。その点私は女の子であったから、結構楽しくやっていたはずだ。昔からこういう単純作業は根を詰めてする方である。うまく平べったく削れるようになった喜びは、今でも不意に思い出すことがある。

この頃わが家では、冬のことと鍋仕立てにしたおかずが多い。他に何がなくても、うんといいおダシで豆腐や春菊を煮たものはそれだけでおいしい。

味見をしながら、私はふと思う。

「私って料理研究家になれたんじゃないだろうか……」

男の方はご存知ないかもしれないが、女性雑誌を開くと、必ずといっていいほどスターお料理研究家が出てくる。最近はほどよい年頃のキレイな人が多い。その中の一人は、ついこのあいだイタリアに邸宅を買ったそうだ。中をどう改造しようかしらという記事が、女性雑誌を飾っていた。

また別の料理研究家は、何カ所かに別荘を持ち、土地の野菜を使った料理を研究しているそうだ。これは下品な感想というものでありましょうが、料理研究家というのはかなり儲かりそうだ。

「やっぱり本が売れるんでしょうか」

と、ある有名料理屋のご主人に尋ねたところ、

「そりゃあ、そうですよ」

　という返事が即座に返ってきた。

「僕なんかさ、この料理の本、初版二十万なんですよ。

　あまりの数字に私はのけぞってしまった。今日び小説で二十万冊売ろうと思ったら大変なことだ。

「すっごいですね。私たちの世界なら考えられませんよ。夢のような話です」

「だったら、ハヤシさんも、料理の本を出したらいいじゃないですか」

　その方は驚くようなことを言う。私はダシ汁をちゃんととっていると、友人たちに自慢するが、それを応用する才が全くない。そうヘタな方ではないと思うが、日頃つくる料理もワンパターンで同じものが多いはずだ。

「そうですねえ、私も料理をちゃんとつくれたら、本を出してみたいですね」

「つくれなくたっていいんですよ」

　その方はさらに仰天するようなことをおっしゃる。

「僕の友人で何人かいるんですよ、料理研究家のスタイリストっていうか、影武者をやっている人。本人はそんなにつくれなくたって、その人がやってくれるから大丈夫ですよ」

　折も折、ある出版社から手紙が届いた。ぜひ私に料理本を書いてくれというのだ。とんでもない話だとお断わりしたが、その後もずうっと気になって仕方ない。初版二十万部とか、スタイリストもつける、という言葉が私の頭の中でリフレインしている。この頃は料理の盛りつけをする際に、もしこれを写真に撮られたら、ということを夢みるようになった。

やっぱり、ちょっと憧れてしまうよなー、料理研究家。カッコいいし頭よさそう、やさしい女の人に見える得な職業である。料理研究家のおうちはみんな幸福そうに見える。美人で有名な、某料理研究家の方の記事を読むと、昼間は、

「食欲旺盛な子どもたちがもりもりと食べて」

夜になると、

「お酒の肴を何種類かつくって、主人と二人、毎日三時間ぐらい酒盛り」

をするんだそうだ。昼間は昼間で、

「手伝ってくれるスタッフや、編集者の人たちのための軽食を、あっという間につくるのが好き。働く女として手早さはだいいちですものね」

と書いてあった。今や理想的な家庭というのは、料理研究家のおうちにしかないのではなかろうか。キャリアウーマンとして生き甲斐のある仕事を持ち、しかも夫婦円満、子どもたちはひねくれずにすくすく育ち、かなり高い確率でお母さんの仕事をひき継ぐ。

「いいな、いいな、料理研究家」

つい最近のこと、仕事の関係でハンサムな若い男性と知り合った。他の人から聞いて驚いた。彼のお母さまというのは、有名な料理研究家ではないか。そういえば、このあ

いだ送ってくれた冷凍ギョーザが、やけにおいしかったことを思い出した。私は興味シンシンで、いろんなことを質問してみる。

「いいわねぇ！　小さい頃からいろんなおいしいものを食べてきたんでしょう」

「そんなことありません」

彼はきっぱりと言った。

「子どもの頃から、母親は仕事で忙しかったんで、ほとんどつくってもらったことがありません」

これは私にとって少なからずショックであった。他人の芝生はやはり青く見えるのか。が、やっぱりなりたい料理研究家。カツオ節だってちゃんと削ってる私だしさあ……。太ってもあんまり人からうるさく言われない仕事みたいだし……。

天才について

〝ぴあフィルムフェスティバル〟という映画祭がある。これは学生を中心とする若い人の中から、明日の映画監督を発掘しようという催しである。非常に歴史があるものだし、この中から多くの有名監督が育っている。今年は二十周年にあたり、専門家以外からも審査をということで私にお呼びがかかった。

二日間にわたり、朝から晩まで十一本の最終候補作品を観なくてはならない。体力的にもかなりきついのではないかと心配していたのであるが、これが面白いの何のって……退屈するどころか、全く夢中になって観続けていた。

会場の映画館は、朝から若い人たちが行列をつくっている。そのコたちのおしゃれなことに驚いた。昔、私がつき合っていた映画青年たちとはまるで違うのだ。ファッション雑誌から抜け出したような格好をし、たいていはカップルで来ている。当然映画に対する反応もよく、私はなんだか瞼《まぶた》がじわんと熱くなってしまったではないか。

最近の若いコは本を読まない。映画人口だってどんどん下がってきている。もはや彼らにとって、知的好奇心を満足させる快楽というものは存在しないのではないだろうか……。

ずっとそのことばかり考えていた私にとって、この光景はとても嬉しかった。同い齢ぐらいの人間が創作表現するものを尊重し、それを観ることでその活動に参加しようとする若いコが、まだこんなにいたのである。しかもカッコいいコばっかりではないか。おまけにその出品作品も水準が高く、中でもテレパシーを持つ少女を描いた一本は、せつなくなるほど可憐でピュアな物語である。グランプリはこれだナと私は思った。

が、映画館を出た後、私は残りの一本を観るためにぴあ本社の試写室に移動する。実はこの作品は問題ありということで、映倫から一般館上映を禁止されているのだ。性描写というよりも暴力シーンが過激らしい。

試写室の椅子に座り、スクリーンを眺めた。「鬼畜大宴会」という書き文字のおどろおどろしいタイトルが浮かびあがる。

「何なんだ、これは……」

私は途中から腰を浮かしそうになった。十六ミリの大作ということもあるが、カメラワークといい、照明といい、昼間観た何本かの映画とは大人と子供くらいの差があるのだ。プロの監督が撮った新作といっても疑う人はいないであろう。一九七〇年代の学生運動をテーマにしているのであるが、その凝りように私は舌を巻いた。ギター、アグネス・チャンのパネル、コード付きの電気ポット、少年マガジンといった当時の品々がさりげなく画面に映し出されている。そればかりではない、出てくる人物がちゃんと七〇年代の顔をしているのである！

よくもこんな顔ばかり見つけてきたとため息が出てくるほどだ。今風の小さな顔とか、垢ぬけた顔というのが一人もいない。かの赤軍の永田洋子をイメージしているらしい女性は、典型的な〝不器量な女闘士〟の顔をしている。太ももの太さといい、肌の荒れようといい、目の細さといい、本当にあの時代の女なのだ。

長髪の男の子たちは、チャンチャンコを着てギターをかき鳴らす。そして熱く革命を語る。やがて始まる凄惨なリンチ、首に針金をかけられ、ピストルの弾が飛ぶ……。もう正視出来ないほど残酷なシーンが続いて、映倫から文句が来たのもなるほどなと納得した。

私はこれこそグランプリだと思ったのであるが、他の審査員から強い反撥があり、結局この映画は準グランプリとなった。あのテレパシー少女の映画がグランプリだ。

が、私の興奮はまだ続いている。あの監督はまだ二十三歳の学生なのだ。才能というのは何とすごいのだろうか。間違いなくキラキラとした形で他者を圧倒するのである。

全く偶然であるが、今日はもうひとつ素晴らしく刺激的な体験をした。

私の数少ない、というよりも、ひとつしかない美点に、他人の知識に謙虚に耳を傾けるというのがある。もちろん中身がちゃんとある話、という条件つきであるが、私は人からレクチャーを受けるのが大好きだ。話を聞いているうちに、どうしてこの人はこんなに頭がいいんだろう、どうしてこの人はこんなに何でも知っているのだろうかと、うっとりと聞き惚れてしまう。話の内容はそんなにわからなくても、自分がうんとおリコウになったような気がするのだ。

今日、久しぶりに友人の建築家とランチをとった。彼はまだ若くハンサムなうえに才能もすごい。つい最近もコンペで勝って大きなビルを建てている最中なのである。

「ハヤシさん、知ってる？　壁というものは決して防御のためにだけあるものじゃないんだ。景色を遮《さえぎ》ることによって、違う空間をつくり出し、窓というものをこさえるんだよ。エロスっていうものもこれに似てるんだ」

彼の言葉のひとつひとつが、私の脳味噌にしみ込んでいくみたい……。そうか、こういうのがインテリっていうんだ。インテリといるのって何て楽しいんでしょう。私って何て知識欲のある女なんでしょう……。

そのうちに私は気づく。このヒトって私の友だちとつき合ってたんだわ。そうかあ、このシチュエーションだったのか、これで女はすぐに彼にぐらっとくるのか……。こういう雑念が入るともう駄目だ。私はヒヒッとつい下品な笑いをもらしてしまった。もう彼の話が途中から耳に入らなくなってくる。単に友人としてランチを一緒にしているのであるが、さまざまな場面や情況が浮かび上がってくるのである。が、仕方ないか、こういうのも私の武器かもしれない。インテリが才能や知識を使うのと同じに、雑念が私に小説を書かせてくれるのである。

年の瀬

外見からなかなかそう思っていただけないのであるが、私は低血圧のヒトである。よってよく貧血を起こす。

若い頃は暮れになると、しょっちゅう倒れたものである。それもお酒を飲んでいる最中にだ。

お医者さんがおっしゃるには、疲れている時にアルコールが入ると、一時的に血圧がぐんぐん下がる。それで気を失ってしまうのだろうということだ。

昔は押し詰まってくると、二日三日と徹夜が続くのが普通であった。一段落して友人とお酒を飲む。するとたちまちすうっと意識が遠ざかっていくのだ。

きゃしゃな女の子だったりすると、気絶しても絵になる。男の人たちも張り切って介抱してくれることであろう。

が、私の場合他人さまに迷惑をかけるばかりだ。

恥ずかしくてここに書けないようなエピソードもいくつかある。とにかく暮れは、めいっぱい働いてめいっぱい遊んだ嵐のような日々であった。

ところが今年の暮れは、とてもおだやかに時間が過ぎていった。もちろん〝年末進行〟という、物書きにとって過酷なスケジュールは課せられているのであるが、今年は幸いなことに連載小説が幾つか終了しているため、小説の二回分書きだめ、というような分量がない。

皆さんから同情されたり、励まされたりするほどは忙しくない年の瀬である。

こういう時は、普段なかなか会えない人とご飯を食べたりするいい機会である。TBSドラマ「不機嫌な果実」がもうじき終了するため、プロデューサーの磯山さんと、脚本家の中園さんと一緒に食事をすることにした。

私が予約を入れておいたのは、西麻布の小さなイタリア料理店である。六千四百円という金額で、とてもおいしいコースが食べられる私の大好きなお店だ。

「不機嫌な果実」の中で、コンサートを聞きに行った麻也子と通彦とが、初めてデイトする店はここをモデルにしている。磯山さんと中園さんも前から行きたいと言っていたのであるが、どちらも忙しくて、やっと三人のスケジュールが合ったのはドラマの撮影が終わってからのことであった。

プロデューサーといっても、磯山さんは三十歳の若い女性である。「週刊朝日」の女子大生シリーズで、表紙を飾ったほどの美女でもある。

それまで仕事の打ち合わせでしか会ったことがなかったので、いかにもキャリアウーマン然とした頭のいい女性だと思っていた。ところがちょっとお酒が入り、じっくり話してみるととても面白い女性である。ノリのよさが半端ではなく、人間というものは肩書きや外見で判断してはいけないとつくづく思った。

一方の中園ミホさんも普通ではない。彼女は才能ある脚本家であると同時に、優秀な占い師でもあるのだ。中園さんは親切にも四柱推命で私の来年を占ってくださった。今年もよかったが、来年も信じられないほどついているそうだ。もうイヤ、わずらわしい！と叫びたくなるほどモテるようになるのだという（昨年も私、同じような運勢が出ていなかったっけ？）。

「とにかく出来るだけ外に出て、いろんな人との出会いをつくってください」

という中園さんのアドバイスに従ったわけでもないが、次の日もせっせとお出かけする。

まずは宝塚劇場へ花組の公演を観に行く。もうじき取り壊される東京宝塚劇場建設時、昭和九年頃のレヴューに題材をとったミュージカルである。

フィナーレの美しさには思わず涙がこぼれそうになった。最近宝塚にハマりかけている私は、かなり涙腺がゆるくなっているのだ。

ところで私と花組とは、かなり深い縁で結ばれている（と私は思っている）。昨年の夏、雪組公演に原作をお渡しすることになった私は、兵庫の宝塚に稽古を見学しに出かけた。ついでに大劇場のバックステージも見せていただいたのであるが、舞台の方では花組の公演の後、全員揃っての写真撮影が始まっていた。

「せっかくですから、ハヤシさんも一枚入った写真をお撮りしましょう」

と信じられないような幸運があり、私も花組のメンバーに混じり、大階段での写真に収まったのである。そんなわけで、とても他人を見ているような気がしない。本気で宝塚の香港公演に行こうと考えている私である。

さて六時半に宝塚が終わり、タクシーを飛ばして今度はサントリーホールへと急ぐ。暮れといえばやはり第九である。この何年か第九を聞くようにしていたら、十二月にあの合唱を聞かないともの足らぬような気分になってくるから不思議だ。

今夜の第九は、佐藤しのぶさんをはじめとする一流のソリストが歌い、楽団員はそれぞれの楽器の奏者からトップの人を集めるという趣旨の豪華なものである。

私は一日に二回劇場に行くことがたまにあるが、これはお芝居とお芝居、といった風に同じものを組み合わせると非常に疲れる。宝塚と第九といった風にかなり違ったものだとより感動が深まるような気がする。

それにしても今年も本当によい年であったと、あの荘重な合唱を聞きながら私はつくづく思う。こんなにたくさんの人に会い、こんなにたくさんのものに触れることが出来た。倒れていた頃とは大違いだ。どうか来年の末にも、こんな文章を書くことが出来ますように。

人間いたるところ…

私は今や極めて少数となった、ケイタイを持っていない人間である。

ケイタイを持っていない理由はいろいろあるが、まずは好きではないということが挙げられよう。

つい先日、飛行機に乗っていたら後ろでリリと呼び出し音が鳴り、私はびっくりしてしまった。飛行機の計器に影響するから、ケイタイは使わないというのは常識中の常識である。それでも電源を切らない人がいるのだ。

いくら注意のアナウンスが流れようとも、新幹線の中で喋り続ける人は跡を絶たない。ああいう人というのは、未だにみんなお金の話をするから不思議である。しかも何千万とか億とかいう単位の話をしている。もしかすると皆に聞かせようとしているのかもしれない。

若いコたちは歩きながら、ケイタイをじっと耳に押しあてている。そんなに緊急に話さなくてはいけないことというのはいったい何なんだろうか。

またいい年をした大人でも、酔っぱらうとやたらケイタイのボタンを押す人がいる。このあいだはパブで飲んでいたら、五人中四人がいっせいにケイタイで喋り始めた。私だけがぼうっと皆の会話を聞いている。

「もし、もし、私、いま六本木で飲んでるのよー」

私はレストランや飲むところで、ケイタイを使うのはとても非常識だと思っている。が、多くの人々は平気だ。まわりの人にお構いなく会話を続ける。これだけだってイヤなのに、もっと我慢出来ないのは、

「今、ハヤシさんに替わるからちょっと待ってて」

といきなりケイタイを渡されることだ。

「私、こういうとこでケイタイ使うの大っ嫌いなの」

とつっぱねるほど度胸がない私は仕方なくそれを受け取る。

「ハヤシです……こんばんは……お久しぶりです……。ハイ、元気です……」

喋っている最中、まわりから突き刺すような視線を感じる。みんなよくこういう視線に耐えられるものだと私は感心してしまう。

飲食店でかけるのもかなりひどい行為だと思うが、ケイタイの最大の罪はやはり劇場で鳴ることであろう。まさか、と思うようなことが時々起こる。さすがにオペラとかクラシックの音楽会では鳴ることはないが、お芝居なんかだとどこからかあの音が響くことがある。これはかなり長く続く。なぜならば、みんな音の発生元が自分だと思ってい

ないか、あるいは知らん顔をしてやり過ごそうと思っているからだ。私はこんな時、血が凍りそうな気分になる。もし私がケイタイを持っていて、それが鳴ったりしたらと考えるだけで、恐怖で体がこわばってしまうのだ。

もし私のようなうっかり者がケイタイを持ったら、おそらく何回もこうした失敗をするに違いない。私の過去を振り返っても、信じられないような災難がふりかかってくる。というよりも、私と災難というのはぴったり寄り添って生きていくものらしい。人の五倍ぐらい転び、ものを壊して生きてきた私が、ケイタイを持って無事に生きていけるわけがないではないか。

私は自分のソコツさを充分に知っているので、絶対にケイタイを持たないようにしているのである。

しかし、ケイタイを持たないことは、意外な不便を私にもたらした。恋愛小説を書き、若い人を登場させようとする場合、こういう小道具をどのように使うのか見当がつかないのだ。

小説に古いも新しいもないと思っていたが、やはり現代の若者を描く場合、ケイタイやパソコン通信といったものは不可欠になっている。よって私は若いコにいろいろ質問してみる。

「ねえ、うちに帰って電話をかけるとするでしょう。そういう場合、使うのはケイタイ、それとも電話？　それと、かかってくるのはどっちなの」

「うちにいる時はやっぱり普通の電話をかけるよ」

そんなことも知らないのと、相手は呆れた顔をする。

「ねえ、どのレベルの男の人にケイタイの番号を教えるの」

「知り合ってすぐの人にも教えるよ。うちの電話番号は教えないけど、ケイタイぐらいどうっていうことはないじゃん」

随分ドライに考えていると思いきや、急にこんなことを言い出す。

「あのね、彼って私以外にも誰かがいると思う」

「どうしてそんなことがわかるの」

「だってね、デイトしている最中に必ずケイタイの電源切っているもの。あれって絶対に怪しいよね」

そういうもんかなあと私は思う。私は食事をしている最中に、男の人のケイタイが鳴るとかなりむかっとくる。電源を切るぐらいエチケットだと思うのであるが、それが若い恋人同士だといろいろ複雑なことが起こるらしい。

さて、ケイタイを持たない私であるが、やっぱり使いたい時は多々ある。早急にハタケヤマ嬢に電話をかけなければならない時もある。が、公衆電話までは遠い。そういう時はどうするか。

が、心配することはないのだ。まわりを見渡せば、私以外の人はすべてケイタイを持っているといってもよい。

誰か貸して頂戴と言った後で、私はおどけた調子でこうつけ足す。

「人間《じんかん》いたるところケイタイあり」

あの有名な、

「人間いたるところ青山《せいざん》あり」

をもじったものであるが、いまひとつ受けない。

「ケイタイぐらい、いいかげんに買えばいいのに」

と貸し手の顔は語っている。このところパブロフの犬のように、顔を見るとケイタイを借りたくなってくる人がいる。ものすごい頻度で借りているらしい。ケイタイを持たぬ私は、エチケットに敏感なのに、行儀がいい人間と言われることもなく、かえって図々しい人間という評が立ちつつある。

ワイングラス

雑誌を見ていたら、こんな川柳がのっていた。うろ憶えなので正確ではないかもしれないが、

「こいつまでワイン飲むとはブームも終わり」

とあって思わず笑ってしまった。

これは私のことではないだろうか。

ワインにハマるとお金がうんとかかりそうだし、何よりも肥満が心配だ。絶対に手を出すまいと思っていたのであるが、そこは流行に弱い私のことである。ワインに詳しい友人にいろいろ教えてもらったり、高級スーパーのワイン売場を覗いたりするのに時間はかからなかった。この頃は無知は無知なりに、すぐレストランでワインを選ぶ。

こういう時、

「私の体はワインで出来ているの……」

という例の川島なお美さんの名言を必ず口にする私。

それにしても人口に膾炙《かいしゃ》するというのはこういうことだと思うのであるが、ワインを飲む場所においてものすごい確率でこの言葉を聞く。つい先日も日本料理店のカウンターで食事をしていたら、隣りの若いカップルの女の子が、白ワインのグラスを手に、

「私の体はワインで出来ているんだから……」

とつぶやいているのを耳にした。

おそらくこの後、男の子の方の、

「じゃあ今夜、飲み干そうよ」

という言葉と対になっているのであろう。

私も同じことをお茶目に言ってみるのであるが、たいていの場合夫の、

「ワインじゃなくて脂肪で出来てんじゃねえか」

という一言でしゅんとなるのである。

女性週刊誌で意地悪く取り上げられることが多いのであるが、川島なお美さんの言葉というのは、本当に含蓄が深い。ひとつひとつが名コピーであり、すごい殺し文句である。

つい先日もある女性雑誌の対談で名文句を見つけた。対談相手の男性が、

「ワインを飲んでいる最中、よく口説かれるでしょう」

と持ちかけると川島さんは、

「私は好きな男性なら自分から誘うの」

とさらりとおっしゃった。

「たとえばワインのボトルに少し残しておいて、残りは私の部屋で飲みましょうって言うわ」

うーんと私はうなってしまった。心から感心してしまったのである。さっそくワイン好きの友人たちに教えてあげる。

「ね、ね、すごいと思わない」

すると彼らは、

「そんなの、オリばっかで飲めないよ」

とミもフタもないことを言う。なんと夢のない人々であろうか。

そういう私も実に世帯じみたことを考える。ワイングラスを持つたびにいつも思うのだ。

「このグラスはいったい誰がどうやって洗うんだろう」

普通のワイングラスならまだ想像出来る。が、たまにいい赤ワインを頼む時、金魚鉢に柄がついたようなグラスが出てくることがある。赤ちゃんがテイスティングしようものなら、そのまま頭がすっぽり入ってしまいそうだ。ソコツ者の私など、このグラスを洗えと言われたら、緊張のあまり取り落としてしまうに違いない。こういうグラスは、バーやレストランの下っ端の若いコが洗うんだろうか。いっぺんに十個も二十個も洗い場に来たら、客に対して殺意を抱くんじゃなかろうか……。

さて昨年の暮れのことである。だらしない私のことであるが、大掃除の真似ごとをしようということになった。食器棚を見る。恥ずかしながら年に一回しか掃除をしないので、棚にはうっすらとホコリがたまりグラスが全部曇《くも》っている。大晦日には友人たちが遊びに来るので、なんとかしなくてはならない。

が、これが大事業であった。結婚の時、友人知人からお祝いにたくさんのグラス類をいただいた。バカラ、カルチェといいものがどっさり揃っている。おまけにハイミスの常として、独身時代海外に出かけた時、私はよくグラスや食器を求めたものだ。ベネチアに出かけた時は、それぞれの星座をデザインした十二個のシャンパングラスを買った。全部でいろいろ合わせると六十個はあるのではなかろうか。

年に一回だけの夫婦の共同作業、夫はぶつぶつ言いながら各段からグラスをおろし、棚のホコリを拭う。私はそのグラスをひとつずつお湯で洗い磨き立てた。中には縁《ふち》を持ったとたん、ばりっと割れそうなほど繊細なものもある。そおっとそおっとスポンジで洗い、置く時だって布巾の上に静かに置く。それが六十個あるのだ。

がさつな私にとって、これはもう気の遠くなりそうな作業であった。どんなに原稿を書いても肩こりということのない私なのに、一時間もしないうちに肩ががちがちになってきた。ものすごく緊張していたのである。

こうして五時間かけてやっとグラスを磨き立てた。棚の上に飾り、いつもは消しているライトをつけた。すると我ながらうっとりするような美しさである。素敵なバーにいるように、磨かれたグラス類が輝き出したのである。こうしている間にも火にかけておいたビーフシチューがいいにおいを立て始めた。この日のためにお歳暮からとりのけ、大切にとっておいたスモークサーモンやチーズを前菜に出す。友人たちもワインやシャンパンを持ってきてくれ、ささやかな年越しのパーティーが始まった。いつもどおり悪口を言いながら紅白を見て、おソバを食べる。

「それじゃいい年をね」

と皆が帰っていったのが午前二時。私たち夫婦を入れて合計四人。その四人がシャンパンに二種類の白ワイン、赤ワインを飲んだ。ひとり四つのグラスを使った。4×4は16。昼したのと同じように、私はグラスを洗い磨き立てた。

ワインなんかにハマるのはやっぱりよそうと思った。無精者には向かない飲み物だ。お金に知識欲、そしてこまめさがなけりゃワインなんて……。

風邪と焼肉

第一回目の大雪の時に風邪をひいてしまった。熱は全くないのであるが、鼻水と咳がひどい。しかもそれが十日近く続いているのだ。どうしてこんなに治りが遅いのだろうかとあれこれ考えていたが、その原因が真夜中に判明した。

うちには二匹のデブ猫がいる。この猫たちがこの頃二匹くっついて、私の布団の上で寝る。あまりにもぴったりくっついているため、二匹の毛が混ざり合い、まるで一匹の大猫が寝ているようだ。これはいいとして、寝ている間この猫の重みで、かけ布団がずるずる下に下がっていく。おかげで風邪をひいているにもかかわらず、私の肩は朝起きるとむき出しになっているのだ。

注射や強い風邪薬といったものに拒否反応がある私は、玉子酒をつくることにした。つくり方を調べず適当にやったところ、何だか細かいかき玉汁のようなものが出来上がった。口に入れるとすごくまずい。せっかくいいただき物のいいお酒だったにもかかわらず、大半を捨ててしまった。

おかげで風邪はまるっきり治らない。猫をベッドから追い出したいと思うものの、うちの中でいちばん威張っているのは彼らである。ちょっとでもどかそうものならば、〝フーッ〟と毛と尻尾を立てて睨みつける。それが恐くて何も出来ない。おとなしく体を斜めにして、猫の重みを避けるようにして眠るのが精いっぱいだ。

さて四日前のことである。あるトークイベントに出ることになった。いつもならそんなことはあり得ないのであるが、化粧品会社主催ということでヘアメイクの女性がついてくれた。鼻水をぽたぽた垂らす私に化粧をするのだから、さぞかしやりづらかったことだろう。このヘアメイクの女性と会うのは二回目であるが、前回どういうわけか焼肉の話になった。彼女がとある焼肉屋で友人と食事していたら、そこへキムタクとカオリンが入ってきたというのだ。

「そこは完全予約制の焼肉屋ですから、芸能人もいっぱい来ますよ」

という言葉に、いきたい、いきたいとわめいたところ、電話番号を教えてくれたのである。

「ハヤシさん、それであの店に行きましたか」

「ところがねえ、何だかんだで忙しくってなかなか行けないのよ」

「私はまたお奨《すす》めの店が出来ましたよ。何を食べてもおいしいけれど、特にカルビが最高ですよ……」

などという話をしているうちに、私の頭はいつしか焼肉のことで占められるようになった。

タンをさっと焼いて食べて、その後は上ロースとカルビでいく。その間にはニンニクのオイル焼きを網の上に置いてじっくりと煮つめていく。おいしい肉とニンニクをどっさり食べたら、風邪などどこかへ吹き飛んでいくに違いない。

そうだ、私の風邪を治すには、今日、どっさり焼肉を食べるしかない、とまで私は思いつめていった。さっそくそのヘアメイクの女性を誘う。人数が多い方が楽しいので、編集者のA子さんにも声をかけた。

「暇だったら、朝日ホールに終了の八時半までに来てくれない」

ものを一緒に食べる時にこのA子さんぐらい適任者はいない。TVの「日本大喰いチャンピオン」に出ろと皆に言われているぐらいなのだ。ケーキはホール丸ごと食べる、お鮨屋に行くとガラスケースのネタを三往復して握ってもらう、などと武勇伝はいっぱいある。大喰いと人から非難される私のざっと三倍は食べるだろう。それなのにA子さんは、昔からほっそりした美女なのだから本当に口惜しい。

誘うといつも喜んで来てくれるが、私のおどろおどろしい企みに彼女はまだ気づいていないようだ。無茶苦茶な食べ方をすればいつか報いが来る。A子さんもいつか中年といわれる年代がやってくる、その時に今の食生活を続けていればどうなるか……。私はいつか彼女の太った姿を見てみたくてたまらないのである。

　そして三人が行ったところは青山の焼肉屋である。入って驚いた。Jリーグのスターたちが何人か網を囲んでいるではないか。中に一回対談をした男の子がいる。実はその後、彼を誘ってある焼肉屋で食事したこともあるのだ。

　挨拶をかわした後、

「やっぱり焼肉というとハヤシマリコですよねえ」

　へんな感心の仕方をされた。

「ハヤシさん、またやりましょうよ」

「そうね、あなたも若い女の子とばっかり遊んでワイドショーに出るんじゃなくって、たまにはオバさんとも遊びなさいよ」

　おっ、Jリーガーのスターに向かってこんなタメ口をきく私。自分の席に戻ると、賞賛と尊敬のまなざしが待っていた。

「ハヤシさん、すっごいですね。サッカー選手に知り合いがいるなんて！」

「〇〇選手とあんなに親しそうに話すなんて、私びっくりしちゃった」

「ふふふ……、ちょっと仕事で会ったら、何だか妙に気が合っちゃって……」

　余裕で微笑んでみせる私に、二人は羨望のため息をつく。

　いよいよ焼肉のオーダーだ。タン塩三人前にロースとカルビを三人前ずつ、ミノを二人前。私も早いがA子さんのピッチも早い。あっという間に網の上に並べられ、あっという間に回収する。まるでタコ焼きの店先みたい。

「これだけじゃ足りないでしょう」

「ええ」

カルビを三人前追加した。おそらくＪリーグの選手のテーブルよりも、私たちの方が食べたに違いない。もちろんニンニクも別盛りにしてもらってたっぷり食べた。Ｊリーグの選手付き焼肉である。元気にならないはずはない。が、家に帰り興奮してあちこちに電話しまくった私。まだ風邪は治らない。

雪かきが好き

雪に苦しめられている地方の方には、さぞかしむっとする言い方であろうが、たまに降る東京の雪の日は楽しい。大人でも心がうきうきしてくる。

日頃見慣れた原宿の街が、まるで違ったものに見えてくる。近所の子どもが雪だるまをつくっていて、コンニチハと声をかけてきたりするのも嬉しい。

が、楽しくないのは次の日である。東京の人はちゃんと雪かきをしないので、歩行が困難になってくるのだ。表参道はさすがに雪を除けているが、中には一軒か二軒、ほとんどそのままにしてあるところがある。とても目立つ。中を見ると、若い男女の店員が何やら楽しげに話しているではないか。私はこの店の不買運動を、道ゆく人に呼びかけようかと思ったぐらいである。

が、こうして眺めてみると、どういう店が、公《おおやけ》というものに対してどういう考えを持っているかがひと目でわかる仕組みだ。ファーストフードの店は、どこも意外といっては失礼であるが、本当にきちんとしている。若い店員が総出で雪かきをして、昼頃には道路はすっかり乾いていた。

男手がないのであろうか、ブティックが案外だらしない。もっとひどいのは大手ゼネコンの工事現場で、目抜き通り二十メートルぐらい全く手を出さないのだ。おかげでみんなおっかなびっくり歩かなくてはならないではないかと、すっかり〝道の風紀委員〟と化した私は、チェックして歩くのである。

それにしても雪かきをしてみたいナと私は思った。私の生まれた山梨は、寒いわりには雪が少ないところで、大雪の経験がほとんどない。それでも雪が降った次の日は、近所の人総出で雪かきをしたものだ。雪をシャベルで盛る感触は、今でもはっきり憶えている。きっちりと隅から雪をどけていって、道路が綺麗に顔を出すあの気分というのはなかなかのものである。

が、私の住んでいるところはマンションなので、雪かきはすべて管理人さんがしてくれる。ちょっぴり残念な私とは裏腹に、憂うつそうな声で電話をかけてきたのは一戸建てに住む友人だ。引越して二年めで、初めての雪に遭遇したという。

「ねえ、うちの前どうしたらいいのかしら」

「どうって、雪かきをするに決まってるじゃないの」

「だって私、スコップなんか持ってないのよ」

「だったらダンボールを代用したら」

「そうはいってもねえ……近所の人がやってくれないかしら」

ってきた。

「あなたのうちの雪かきを、どうして近所の人がやらなきゃいけないの」

などというやりとりをしているうちに、また雪かきをしたくてしたくてたまらなくなってきた。

そして驚いたことに、家の中にもうひとり同好の士がいたのである。夫である。テレビのニュースを見ながら、

「雪かきって、いい運動になるよなあ」

とつぶやくではないか。

「やっぱりさ、うちの駐車場ぐらい自分でやるべきだよ。管理人さんに全部やってもらうの悪いよ」

そうね、と私は頷いた。

そして二回めの雪が降った。次の日、管理人さんのシャベルの音を聞き、私はうずうずしてきた。夫も同じだったらしい。大雪の次の日は創立記念日で夫の会社は休みだ。

「いいですよ、とんでもない」

と遠慮する管理人さんから夫はシャベルを借り、嬉々として外に出ていった。

「ハヤシさんは風邪が治ってないんだからやめてください」

ハタケヤマ嬢の制止する声を無視して、私も雪かきを始める。

うちのマンションは角地にあるため、雪かきする面積はかなり広い。早朝から管理人さんが雪かきをしても、片側の辺は雪が残っている。ここは駐車スペースである。私と

夫はうちの車の前の雪をせっせとどけた。が、終わってから思わず苦笑いして顔を見合わせた。ずらりと並んでいる車、その一台分だけ雪がどけてあるのだ。

「どう見てもエゴイズムの跡だよな」

自分だけよければ、という心がこれほどくっきり表れるものもないであろう。しかもその人は誰かということも証拠となって残るのだ。

仕方なく私たちは両脇の車へと手を伸ばし始めた。が、これがなかなか楽しい。うちの母は昔の人だから、よくこんなことを言っていた。

「雪の明日《あした》は孫子《まご》の洗濯」

つまり必ずよく晴れてあったかいということらしい。確かにお陽さまの光が反射して、どこもかしこもキラキラ光っている。が、思ったよりも雪かきはずっと大変で、シャベルで掬《すく》うとずっしりと重い。

「昨日の雪は水分があるからね」

と夫。が、私よりも凝り性で力がある彼は、規則的な動作でたちまち雪を片づけていく。

「大半は管理人さんがしてくれてたのに、この道路、みんな僕がやったと思ってさ、道ゆく人がお辞儀してくんだぜ」

たまにいいことをした人独得の、手放しの喜びようだ。そして言った。

「僕はいま、六丁目全部の雪かきをしたいような気分さ」

私はこのあたりで飽きてきて、仕事を口実に部屋に戻った。しばらくたってから、夫がニヤニヤして帰ってくる。

「キミがやったとこさ、ぜーんぶ元どおりにされたよ」

「え、どういうこと」

「宅配便のおニイちゃんがさ、この山、車を停めるのに邪魔だって、スコップで崩して、全部道路にぶちまけたよ」

あまりの行為に夫は思わず笑ってしまい、運転手に〝何がおかしい！〟と怒鳴られたそうだ。

私はその宅配便をもう二度と使わない。雪かきをしない店への不買運動よりも強く思った。雪かきの恨みは深いのだ。

大統領と「ある愛の詩」

テレビで映画「ある愛の詩」を放映していた。

これを初めて見たのはもう三十年近く前のことになるであろうか。あの頃ほんの少女だった私は、アリ・マッグローがちっともキレイじゃないと憤慨し、今ひとつ映画にのりきれなかったような気がする。

が、大人の目で見るとアリ・マッグローというのは、東洋的な感じがする美女である。何よりもたくましく知性的な容貌が、当時としては新しいタイプの女優だったに違いない。

さらに見続けると、この映画にはさまざまな隠し味が含まれていることがわかってくる。今も多分にそうらしいが、アメリカはクラス社会であること。日本人だったら頭がよければ東大だろうと慶応だろうと入学する。が、ハーバードは贅沢な私立であるために多額な学資が必要だ。子どもの時からそういう教育を受け、親が金持ちでないと〝ハーバード卒〟という肩書きは得られない。ハーバードの女子校ともいえるラドクリフも

それは同じで、それだからこそ男の方の富豪のパパが言う、

「あんなに貧しい育ちで、ラドクリフまで成り上がるとは、あの娘はえらい。しかし……」

という言葉が生きてくるわけだ。

そしてアメリカにおいて、若い夫婦がどのようにキャリアアップしていくかも、この映画はよく解説している。夫が資格を取り、エリートのお墨付きを貰うまで妻が稼ぎ家計を助ける。現代だったらこの反対もあり得るだろうが、とにかく二人で貧乏暮らしに耐えていく。

が、いったんいい年俸の仕事に就いたら、二人は住まいを変える。洋服もまるっきりよくなる。自分たちが属するクラスの住民にふさわしい外側を整えていくわけだ。

さて、すっかり、意地悪な年増になった私は、そういう状況的なことよりも、夫婦のあり方に考えがいく。

「この夫婦、二十四歳で妻が死ななかったらいったいどうなっていただろうか」

ニューヨークに住むエリート弁護士の夫婦が、中年のまっただ中に生きているとしたら、アメリカの夫婦の現実からいって破綻をきたしていると推理した方が正しかろう。

そういえばアメリカ映画で「ローズ家の戦争」という凄まじい映画があった。やはり学生時代に知り合い結婚した夫婦が、離婚するにあたって家をどちらが取るかということで血みどろな戦いを繰り拡げていくわけである。

もし「ある愛の詩」の妻が生きていれば、五十代となって、離婚調停の場でこう主張しているに違いない。

「私はパリに留学も決まり、一流の学者としての道も拓けていました。が、それをすべて夫によって塞がれたんです。夫がロースクールに通っていた時は、私が教師をして家計を支えました。今日彼があるのはすべて私のおかげなんですから、財産のほとんどは私が貰う権利があります」

もはや若い愛人がついている夫の方は、弁護士を立てて一戦交えようとするであろう。

そう思うと「ある愛の詩」というのは、まさに七〇年代だからつくり上げることが出来たおとぎ話といえる。当時の監督や脚本家たちは、九〇年代のアメリカの家庭がここまで荒廃しているとは予想だにしなかったに違いない。

私にとってアメリカというのは不可思議な国だなあと思うのは、政治や経済をとおしてではない。男と女のモラルに関して、アメリカというところはよくわからない。

いまアメリカどころか、世界中を騒がせている事件を聞くにつけ、

「アメリカというところは、男女の問題に関して、どうしてこんなに生まじめなんだろうか」

と思ってしまうのである。

クリントン大統領だって人のコである。自分のファンとかいう若い女の子に、こってりと色気をおくられたらむらむらすることだってあるだろう。もしバレそうになったら、

「黙っててくれ」というひと言も口にしたかもしれない。それが独立検察官が乗り出す事件に発展していくのだから、アメリカというところはやることが徹底的である。

「夫婦は愛し合っていなければいけない。一点の曇りもなく誠実でなければいけない」

という信条をあの国の人々は頑固なまでに守ろうとしているようだ。

だから夫婦の愛が醒めたり、どちらかが不貞を働いたりしたら、すぐさま別れが来る。夫婦の半数以上が離婚を経験しているという国柄の根本には、やはりこの愛に関するモラルがしっかりと存在しているからだ。

大統領といえども、これから逃れることは出来ない。もし破ったりしたら司法当局の手で裁かれるというのが、あの国のやり方である。

アメリカは経済も上向きになっている。クリントン大統領はなかなかの手腕だと世界中が認めつつある。その大統領を、たかが怪し気な小娘とのスキャンダルで辞めさせることはないではないかと思うのは、たぶん私が日本人だからであろう。わが国はと見れば、橋本総理の例の中国人女性スキャンダルもいつのまにかうやむやになっている。

「こんな大変な時に、総理を女性問題で辞めさせることもないしイ。内閣総辞職なんてことになると、お金もかかるし、ゴタゴタするし、外聞も悪いしイ……」

というのが日本人の多くのぼんやりとした結論ではなかろうか。もっとも日本人でも異なる意見の人はいるであろう。宇野総理の時、

「金はふんだくるわ、マスコミに喋るわ、あの女もよくない。言いたいことがあったら

金を返してからにしたら」

という私の発言に対し、フェミニズムの女性たちからお叱りをいただいた。

恋愛に関するもめごとに関し、男は常に強者で加害者だというのが、どうやらあちら側の考え方らしい。

全くむずかしい世の中になったものだ。「ある愛の詩」の世界は、全くのメルヘンになっている。

ストレス

夫や友人たちと食事をしている最中のことだ。例の〝ノーパンしゃぶしゃぶ〟のことが話題になった。

「どういうとこなのかナ」

と夫。

「いっぺん行ってみたいよナ……」

そうだ、行こう、行こうと男の人たちが盛り上がった時、私は夫の方に向いて言った。

「いつも言ってるじゃないの。五千円くれれば私がうちでやってあげるって」

私はもちろん冗談で言っているのであるが、一座がとたんにシーンとなってしまった。

しばらくしてから口の悪い友人がおごそかに言う。

「ハヤシさん、ちゃんこ鍋じゃないんだから……」

ところで私は夫よりもそういう場所での経験がある。

「ものを書く人は、やっぱりああいうところを見ておいた方がいいよ」

と、男の人たちが連れていってくれたのである。

が、私は同性の裸をライブで見る趣味は全くない。よく酔っぱらってそういうところに行く女がいるけれど、私はああいうのが大嫌いである。

今どき親の借金が原因で……などということはほとんどあり得ないだろう。女の人たちもこれも仕事と割り切っているに違いない。が、彼女たちにはプロの意地と手順があるはずで、そこへおかしな同情心と優越感を持って、女たちがどかどかと土足で踏み込んでくるようなことは絶対によくない……。

そこまで考えている私が、どうしてそのような場所へ行ったかと言うと、なんか知らない間に連れ込まれてしまったというのが正解である。私はひとり近くの喫茶店で待っていると必死で主張したのであるが、それは許されなかった。

「そういう人がいるとシラケるから」

と最後にはかなり怒った口調で言われたのである。

私はものすごく緊張して、いちばん隅の席に座ったはずだ。そこで繰り拡げられた過激なショーやゲームのことをここで書くのはちょっと気がひける。が、私のよく知っている男性たちが、いきいきととても楽しそうにそれに参加していたことをぼんやりと思い出すのだ。

世間的に名前を知られ、地位もある男性たちが、エッチなゲームを嬉々として行っていたのである。それは照れと紙一重のものだったとしても、私には驚きであった。

「どうしてこんなことに、こんなに楽しそうになるんだろう」

私は〝ノーパンしゃぶしゃぶ〟の女の子に直接聞いたわけではないので、あくまで推理なのであるが、彼女たちはやってくる客のことをそう嫌悪していないのではなかろうか。軽蔑もしていなかったような気もする。

こんなに嬉しそうにしてくれるなら、ま、いいか……と彼女たちとオジさんたちとの間には奇妙な連帯感が生まれていたかもしれない。

こういうことを言うとキレイごとに聞こえるかもしれないが、私はこの世で仕事として成り立っているものの中に、しんからくだらなくて卑しいものは何ひとつないような気がする。週刊誌を開くと、どれもこのノーパンしゃぶしゃぶのことを、この世でいちばん愚劣な場所のように書いてあるが、ストレスのたまったオジさんたちの大きな慰めになったことは確かであろう。

そういう〝性〟に関わる遊び場の代金を他人にたかろうとしたり、そういうことでビジネスを有利に運ぼうとした男は最低である。が、こうした記事を書いているマスコミの男の人が、いかにああいう場所を好むかということも私は知っているのである。ストリップ劇場などはへんな哀愁を持って盛んに持ち上げるくせに、こうした新興の風俗にどうしてマスコミは冷たいのであろうか。これも私にとって謎のひとつである。

謎といえば、ストレスと性欲というのは私にはわからぬことが多い。私の知っている人が国会議員に立候補し、当選した。先日久しぶりに会ったら、感慨深げにこう言ったものだ。

「政治家っていうのはさ、夜集まっちゃいろんなことを企むんだ。毎夜毎夜、政治論争しているとさ、性欲が異様に昂まってくるんだよな。オレさ、政治家になって政治家がどうしてスケベなのかやっとわかった。スケベなのはだな、もう職業病なんだ。オレは政治家に妾がいて何が悪い、日本のためを思うなら法律で認めろ、っていう気分になってくるね」

と熱心に語ったものだ。

また私の友人は超エリートと呼ばれる人なのであるが、アダルトビデオのコレクターとして知られている。彼の部屋に遊びに行ったら、ずらりとビデオが本棚に並び、本はただ一冊『女子大生ナンパ術』というやつであった。

この男性が三年前海外勤務となった。ついては膨大なコレクションの中から、何本か私にあげたいというのだ。そんなもんいらない、と言ったのであるが、とりあえず二十本預けられた。かなりの大きさとなったので、帰りに車で送ってくれるという。青山の道を走っていたら、人だかりのするビルの前に出た。オウム真理教の本部の前を、多くのマスコミ陣が囲んでいた頃だ。私は叫ぶ。

「わーん、もし毒ガスか何かでやられたら、私は死んでも死に切れないよ。ハヤシマリコの死体と一緒に、アダルトビデオ大量に発見なんてさ」

始末に困ったこのビデオを、私はそのまま友人にあげた。

「絶対に私からなんて言わないでね」

と固く約束したのに、ホームパーティーの際、この女は、

「ハヤシさんから貰ったアダルトビデオを皆で見ましょうよ」

と大きな声で言ったのだ。この時も、

「見よう、見よう」

といちばんしつこかったのは、やはり世間ではエリートと言われている人だったっけ。向上心や勉学心、そして普通の人よりも多い好色さが、同じ脳の中をぐるぐるとからみ合ってまわっている。そういう人たちが、日本を動かしていると思うと、面白いが怖い。もっと不思議なのは、そういう男性と結婚して、一緒に暮らしている奥さんたちだ。ああいう男と暮らせるのも、一種の才能だと思っている。

長野の雪

切符が一枚余ったからといって、友人が長野オリンピックに誘ってくれた。人気の高いフィギュアスケートのチケットである。夏のオリンピックを取材で見たことはあるが、冬季オリンピックは初めてだ。テレビで見ていても長野は寒そうであるし、とにかく暖かい格好をしていく。ババシャツにセーターを何枚か重ね、アウトドア用のブーツを履いた。

が、東京駅の新幹線ホームで私は目をむいた。友人はおしゃれなコートに、五センチのヒールを合わせているではないか。

「ハヤシさんが言ったとおり、ブーツにしたのよ」

「ブーツはブーツでも、そんなのブーツじゃないわよ。その靴でどうやって雪道を歩くの」

「平気、平気。スキー競技と違って、スケートは街の中でやるのよ、車の移動だからどうってことないわよ」

何でも自分に都合よく考える女である。

新幹線で一時間ちょっと、私たちは長野駅に到着した。お祭りの縁日のような人出である。駅の広場ではミニコンサートが開かれていた。

ホテルに行く途中で、信州ソバを食べる。盛ソバでなんと千百円という値段だ。東京の老舗でもこんなところはない。

「オリンピック値段っていうもんかしら」

「それにしても取り過ぎだよ。終わってからが怖いよ」

外人客も多く店はにぎわっていたが、ヌードルが十ドルするなんて、彼らも驚いたかもしれない。

外人といえば、こちらの方に来ていろんなことがわかった。我々の間では「国辱開会式」として非常に評判の悪かったオープニングセレモニーであるが、外国人から見ると「神秘的でキレイ」だと言うのだ。よくわからない。

「曙の白目が怖かった」

「お相撲さんの胸がみんな垂れてた」

「伊藤みどりの衣裳が、小林幸子みたいだった」

「挨拶した斎藤NAOC会長の顔がシミだらけだった」

「森山良子と子どもたちの踊りが、〝劇団四季〟の子どもミュージカルみたい」

などと日本人は細かいことを見てあげつらうが、外国の人というのはちょっと感覚が違うようである。

さて、夜も七時になり私たちは会場へ向かう。アメリカのテレビ局の都合で、フィギュアの競技は夜の八時から行われるのだ。会場まではシャトルバスが便利と聞いているので、さっそくチケットを買う。往復で八百円、二十五分ぐらいかかるという。

それはいいとして、チケット売場の目の前にバスは何台も停まっているのであるが、これはプレスやＶＩＰのものだ。一般客は道ひとつ越えたバス乗場に行かなければならないのだ。

「本当に不親切だね、全部プレスが中心なんだから」

友人がぶつぶつ言うが仕方ない。バルセロナでも感じたことであるが、現代のオリンピックはメディアを通して見るものだという前提がある。観客というのはテレビに映る際の背景、といった感じであろうか。かなりないがしろにされているという感を、観客はきっと持つはずだ。

こちらに来て毎日スポーツ紙にレポートを寄せている沢木耕太郎氏は、

「オープニングセレモニーで、観客の拍手がほとんどなかった」

と指摘している。

「オリンピックが、メディアのものだとわかっているからではないか」

スケートリンクの四分の一もメディアの席だ。それはいいとして、ボランティアのオバさんが席のことをちっともわかっていないのには困った。

「後から二番目よ」

というのですごい数の階段を上がると、全く違う番号があったりする。ようやくたどりついて席に座った。そう近くでもないがリンクがよく見える。エッジが氷を削る音まではっきりと聞こえた。その夜はショート・プログラムであったが、すごい確率でジャンプで転倒してしまう。それもほとんど同じ場所でだ。

「氷の下に何か埋めてあるんじゃないか」

というのが友人の意見だ。

休憩時間に売店で買ったおやきを食べる。シメジの味と野沢菜でとてもおいしい。

そうして私がいちばん声援を送ったのはロシアのペアである。やはりジャンプで失敗したものの、二人の動きがとても優雅なのだ。氷上を滑るさまは、まるでクラシックバレエを見ているようである。たぶんロシアの人だから、クラシックを勉強したに違いない。

十一時近く競技が終わり、出口に向かう。シャトルバスの前は長い行列である、雪が降ってきた。帰りのバスは大変な混みようでずっと立っていなくてはならなかった。

長野駅に到着しても雪はやまない。それどころかますます激しくなってきた。

「ねえ、タクシーで帰ろうよ」

ヒール五センチの友人が言う。

「何言ってんのよ。駅の向こう側、歩いて五分のとこよ。それにタクシーなんか一台も停まってないじゃないの」

二人は歩き出した。けれども長野の夜はひっそりとしていて、人影もない。二人でとことこ歩いているうち、雪は横なぐりになってきた。

「わーん、遭難するかもしれないよ」

「頑張って。ホテルのあかりがもう見えるよ」

あれだけ歩くのにあれだけ大変なのだ。ノルディックスキーをやる人など、私はもはや人間とは思えない。

それにしても、ほんのちょっぴりでも長野の寒さと雪を知ると、オリンピックに出ている人を心から尊敬してしまう。

スノーボードは若いスポーツで、出ている人も街のニイちゃんみたいだ。それまで私たちが知っている求道者《ぐどうしゃ》みたいなスケートやスキーの選手とまるで違う。けれどもやはり彼らも雪の中で並たいていではない努力をしたのだろう。バスを待っている間、雪は本当に寒かったもの。

二人の母

新井将敬代議士の死は本当に驚きであった。

今から四年ぐらい前であろうか、対談か何かの用事があり議員宿舎に寄ったことがある。その時同行していた編集者がエレベーターに乗るなり、

「今、そこの廊下で新井ショーケイが立ち話していた」

すごい、すごいとやたら興奮していたのを思い出す。

新井代議士がニューリーダーとして、颯爽とマスコミに出ていた頃である。確かにあの頃の新井さんというのはカッコよかった。弁舌さわやかで見た目もなかなかハンサム。正義感に充ちてエネルギッシュである。こういう人がもっと出てくると、日本もよくなるんじゃないかしらと思ったのは私ひとりだけではあるまい。

最近すっかりなりを潜《ひそ》めたなと思っていたら、情けない容疑がかかっていたわけだ。揚句の果ては自ら死を選ぶという行為に出た。可哀相とか、卑怯とか思う前にやりきれない、という感情がくる。

一時期にせよ、ひょっとしたらという希望を与えてくれた人、輝かしくスポットを浴びていた人がこんな風な死を迎えるのを見るのは本当にやりきれない。

私よりももっとショックを受けていたのが夫で、

「オレたちと同世代で、代表みたいに言われてた男があんな風に死ぬなんてなあ……」

とテレビを見ながらしきりに言う。その後真夜中に車を出し、ひとりで走ってきたようである。

夫ほどナイーブになれない私は、物書きの常で、つい本質からはずれた別のところを見てしまう。

大阪から上京してきた、新井代議士のお母さんの見幕がすごかった。家に詰めかけたマスコミ陣に向かって吠えるように怒鳴ったのである。

「みんながやってることじゃないのッ！」

それなのにマスコミの連中が寄ってたかって、うちの息子をこんなにしてしまったというニュアンスの言葉が続く。

もちろん突然自慢の息子を失った衝撃が、本音を語らせたのであろう。これについて意地の悪いことを言うのは酷であるが、あのひと言はやはりへえーっと思ってしまう。

そういえば最近これとそっくりの発言があったなあと考えたら、三田佳子さんのあれであった。

「他にもいっぱいこういうことをしているお子さんがいるのに、私が有名人というだけでこんな騒ぎになってしまった。（マスコミの報道で）彼の将来が踏みにじられたと思うのは本当にせつない」

という言葉は、正直過ぎるぐらい正直な言葉で、これがものすごい反感を買ってしまったわけだ。ついこのあいだ三田さんが病気から復帰してきた時、

「あ、こちらに向かって手を振ってくださいました」

と完璧に皇室扱いしていたマスコミも、まるで掌を返したような扱いだ。けれどもワイドショーを見て、

「三田佳子って傲慢ね」

などと語っている主婦も、もし同じ立場に立ったら同じことを考えたに違いない。

別に人殺しをしたわけでもない。盗みをしたわけでもないじゃないの。自分のお金で自分のうちでこっそりしていて、誰にも迷惑かけてるわけじゃないわ……。

もっとも、

「人殺しをしたわけじゃなし」

という今までいちばんインパクトのあった言葉は、近頃何やら効力を失った感がある。例の神戸小学生殺人事件に関して、さまざまな論議が行われた時のことだ。私は見ていなかったのであるが、テレビの討論会において中学生の一人が、

「どうして人を殺してはいけないのか」

という質問を発したらしい。それに関して出席していた大人の有識者が誰ひとりとし

て明確な答えを出せなかったことについて、ある作家は深い自責の念にかられたと書いている。

バカバカしいと私は腹が立ってくる。どうしてその時大人は一喝しなかったのであろう。

「じゃかあしぃー！　小賢《こざか》しいこと言うんじゃない。世の中には理屈で説明出来なくても、絶対にしちゃいけないっていうことがあるんだ。これが出来るから人間なんだ」

新井代議士が亡くなった日の夕方、タクシーを拾おうとしばらく表参道を歩いた。下着が見えそうなほどスカートを短くした女子高生、髪の毛を何色にも染めた男の子、コンドームショップに出入りする少女たち。見慣れた光景であるが、あの日は注意深く見た。

小説家というやくざな仕事に就いている私は、道徳とか教育などという言葉を日頃深く考えたことがない。特に私たちの世代だと〝道徳〟というものは嘲笑するもの、反撥するものとして存在していたはずだ。

戦争の反省から、この国は戦前を忌み嫌い、それと正反対のことをしようと努力してきた。日の丸や国旗をうやまうことは右翼のすることであり、教養ある進歩的な人がすることではないと私たちは感じている。だからオリンピックで金メダルを取った少女は、表彰され〝君が代〟が流れる間も、ずっと帽子を被っていた。いいも悪いもなく、あれが戦後五十年の教育がもたらしたものである。この国でいかに多くのものが消えてしまったかを、あの女の子はあっけらかんと見せてくれたのだ。

今さら〝道徳〟などというものに縛られたくないと思う。国旗をことさら恭々《うやうや》しく扱う時代に馴じめそうもないし、そんなものに戻れるはずもない。が、私たちはすべてを失くして、その後何か新しいものをひとつでも生み出してきたのであろうか。

ワイロや覚醒剤、援助交際ｅｔｃ……。

「皆がやってるのに、うちの子だけ……」

と不運さを嘆くのではなく、皆と同じレベルのことしか出来ないいくじの無さを恥ずかしいと思う心を育てる。そんな親はいないものであろうか。

この国の未来はマジで考えなきゃなあと、二人の母親を見てつくづく思ったのである。

不器用な人々

何だかもう古い話題になりつつあるが、「終わりよければすべてよし」という言葉どおり、オリンピックの閉会式よかったですね。

閉会式についてはさんざん悪口を言った私であるが、いやあ閉会式は素直に感動した。あの花火はすごいお金がかかったであろうが、それ以外は素朴な手づくり風を通したわけだ。

私は以前バルセロナオリンピックを取材に行ったことがある。あそこは芸どころであるから、地元出身の有名オペラ歌手たちを出演させ、すんごいイベントを繰り拡げた。それはそれでよかったような気がしたが、

「肝心の選手たちが置き去りにされている」

という批判もあの時出て、オリンピックのセレモニーというのはむずかしいものだなあとつくづく思ったものだ。

私は閉会式を見て浅利慶太さんら企画者の意図をやっと理解した。それまで苦しく長

い戦いを繰り拡げてきた選手たちを主役に据える。彼らが歌いたければそれでいいし、踊りたければ充分な場を提供しよう。地元の太鼓打ちの人たちと交流をし、けなげに踊り続ける子どもたちをひょいと肩車にのせる選手がいたっていい。

ハイテクを駆使し、世界的なスターを出演させ一大ショーを繰り拡げるイベントはもう古いのだ。不器用に見えてもやさしく心温かいお祭りにしようという意図、ようくわかりました。開会式の悪口の件は謝ります。あの点火の時の伊藤みどり選手のことも忘れましょう。

などとエラそうなことを言いつつ、テレビを見ていたら有森裕子さんとご主人が出ていた。

最近こういうスキャンダルがらみで、ジェフ君とか、ガブちゃんと愛称で呼ばれる白人の男が増えてきた。面白いものですべての人に使うわけではない。ジェフ君と呼んでも、アラン君とは決して言わないから不思議だ。聖子のことを告訴しているアランは、ずる賢くてお金に汚なそうなだけであるが、ジェフ君にはまだ多少愛敬があった。〝情けないが憎めない奴〟という認識があって、日本人は初めて、〝君〟や〝ちゃん〟と呼ぶのではなかろうか。これは日本人の白人に対しての優越感、劣等感を研究するうえでのいいテーマになるような気がするが誰かやらないかしらん。

それはさておき、有森裕子さんとガブちゃんは本当に痛々しい。

「ここまで自分を正直にさらけ出すことはないじゃないか」

「みすみすマスコミのえじきになりに出てこなくたっていいじゃないか」

ガブちゃんが、

「アイ・ワズ・ゲイ」

と告白した時、マスコミの舌なめずりする音が聞こえてきそうであった。

有森さんも有森さんのお父さんも、ガブちゃんも不器用な人たちだなあとつくづく思う。有森さんはあれだけの選手でしかも美人である。岡山の財閥の息子か何かと、望めばいくらでも結婚出来たであろう。それなのによりにもよって……などと考えるけれど愛してしまったものは仕方ないか。

スポーツ選手というのは、本質的に不器用な人なんだ。普通の人間がやれバイトだ、やれデイトだなどと人生勉強を積んでいる間、彼らはコートやグラウンド、あるいは水の中にいる。もちろん努力して一流選手になった人というのは、自分なりの凄い人生哲学を持ち、それが我々の心をうつわけであるが、基本的には人間関係や身の処し方というのはそんなにうまくないような気がする。

中には、バレーボールの川合選手のように、天性的にそういうのが得意な人もいるわけであるが、意外性から必要以上に叩かれてしまう。

彼は気がよく人懐こい青年なのであろうが、「調子のいい奴」というレッテルを貼られてしまうわけだ。

たいていの場合、テレビという媒体は、ヒーローたちの魔法をあっという間に解いてしまう。オリンピックであれほどカッコよかった人々が、引退してタレントだのスポーツキャスターになったとたん、普通の人たちになってしまうのだ。それどころか、芸能界というヒエラルキーの中、かなりの下部に属してしまうと思うのは私だけであろうか。彼らは体育会系のノリで、和田アキ子さんなどといった大物の下にすぐついてしまうから哀しい。

今、不倫騒動であれこれ言われている池谷さんだって、かつてはオリンピックのメダリストではなかったか。バルセロナで彼がメダルを授《と》った時、私は記者会見に行ったが、まさにヒーローという感じで外人記者もいっぱい来ていたぞ。

だから私は原田選手のことが心配なのである。原田選手は私も大好きだ。あのインタビューには泣いちゃったワ、といった私に外国帰りの友人が言った。

「原田っていうのは、本当に日本人好みのヒーローですね」

彼女に言わせると、日本人というのはすんなりと勝利を手にした人よりも、一回挫折を経験してそこから這い上がってきた人が大好きだというのだ。そういえば金メダルの船木よりも、銅の原田の方がずっと人気がある。

だけど始球式はいいとして、東京ドームで滑るのだけはやめて欲しい。そしてある日テレビをつけたら、トーク番組のレギュラーになっていて、ヒロミなんかと一緒に、

「アッコさん、昨夜さんざん飲まされてまいっちゃいましたよ」

なんて言わないで欲しい（似合いそうだが）。

コートや雪上に凜と咲いたヒーローたちをテレビに移しかえて、萎《しお》れていくさまを何人見ただろうか。が、我々はいつも同じことを望む。

「もっとあの人たちを見たい、テレビで日常的に見たい」

不器用ささえ丸ごと愛してやることをどうして出来ないのだろうか。

勘違い

銀座で仕事を終えた帰り、晩のおかずを買おうと三越デパートへ行った。が、入口のところに「臨時休業」という札がかかっている。

歩いてすぐの松屋デパートに向かう。ここの地下の食品売場もかなり充実しているのである。最近のデパートの地下はスーパー式になっているところが多い。野菜を少々買ってレジに並んだ。

「カードをお持ちですか」

店員さんに言われ、財布の中からカードを出す。デパートで出している、買物額によって点数が換算されるというあれだ。

「えーと、二千四百二十円いただきます」

と言った後、レジの機械の前で彼女はかなり困惑した表情になった。

「あのお客さま、これ、三越カードなんですけど……」

「まあ、ごめんなさい」

真赤になる私。思い込みというのはおそろしいもので、三越から松屋に変えたことをすっかり忘れていたのである。

「本当にごめんなさいね」

私の後ろには短い行列が出来ていたにもかかわらず、彼女にもう一回レジを打ち直す作業をさせてしまうのだ。待っている人の冷たい視線を感じ、なおかつレジの彼女に対しての申しわけなさで私は居たたまれなくなった。

ところが、

「すいません、申しわけございません」

と頭を下げるのはレジの女性ではないか。

「合計二千二百四十円になります」

つまり二回めにレジを打ち直したら金額が違っていた。しかも安くなっていたのである。

「すいません、すいません」

「いえ、すいません」

こういう時というのは二人ともすごく恥ずかしい。ぺこぺこ頭を下げ合ったのである。

勘違いの失敗が、さらに別の事態を生み出すというのは、私の場合よくあることだ。

これはもう何年も前のことになる。

九州は福岡にＲＫＢとＫＢＣという二つの大きな放送局がある。博多のホテルに着いてすぐ、私はアナウンサーのA子さんに電話をかけた。彼女とは古いつき合いで、博多へ行くと時々一緒にご飯を食べたりする。当時A子さんは九州一の美人アナウンサーとして名を馳せ、博多の街でも大変な人気者であった。

「はい、RKBです」

交換の女性が出た。

「もしもし、ハヤシと申しますけど、アナウンサーのA子さんをお願いします」

「あ、B田でしたら、ただ今野球の中継に行っております」

間髪を入れず、という感じでハキハキと交換手は言った。プロ野球のオープン戦のシーズンであった。へえー、彼女はそんなこともしてるんだ。じゃ、野球が終わったら、こちらのホテルに連絡してもらおうと私は思った。

「彼女にご伝言していただけますか」

「伝言は出来ません」ときっぱり。

「へっ？」

驚いた。そんな会社があるんだろうか。小賢《こざか》し気な若い女の声が続く。

「あの、私どもで伝言をお聞きして、間違いがあると困ります。ですからアナウンサー室にお繋《つな》ぎしますので、そちらの方にお願いいたします」

「あなたねえ……」

フルネームを言わなかったことをいいことに、いっきに強気に出る私だ。

「最初からそう言ってくれればいいじゃないですか。それじゃアナウンサー室に繋ぎます、って言えばすぐに済むことでしょう。あなたがエラそうに、伝言は出来ません、なぜなら……なんて言うことはないじゃないですか」

「失礼いたしました」

私の見幕に交換手の女性は、大あわてで切り替えてくれた。しばらく待たされた揚句、彼女の世にもすまなさそうな声がした。

「あのう……、申しわけございません。B田A子さんはうちじゃなくて、KBCのアナウンサーの方なんですけど……」

「まっ！」

絶句する私。

「ごめんなさい。失礼しました」

「いいえ、こちらこそ失礼しました」

私も恥ずかしかったが、向こうもすごく恥ずかしかったようである。すいません、すいませんと、私たちは受話器をとおして叫び合ったのである。

こうした二重に入り組んだ勘違いに比べ、今日のはどうということもないかもしれない。が、私はすごく恥ずかしかった。

おととい渋谷に出かけたら、薬屋さんの店先に「セール」という文字が躍っていた。ダイエット食品がすべて半額だというのだ。さっそく買おうと思ったのであるが、その薬屋さんは交差点のところにある。人がいっぱい立ち止まる場所だ。人目があって私はどうしても手にとることが出来なかった。

今日、映画の最終回を観て外に出たら、雨が雪に変わっていた。人影も少なく、私は店仕舞いする直前の薬屋に飛び込み、懸案の「一週間ダイエット」を二箱買うことが出来た。

ワインのせいで、あっという間に数キロ太ってしまい、私は今、必死なのである。

ダイエット食品の大箱を持ち、横なぐりに雪が降ってくる公園通りを歩いた。向こうからイラン系のおじさんがやってくる。このへんじゃちょっと見ないぐらいガリガリに痩せていた。

どうやったらあんなに痩せられるんだろうかと、私はじっと見つめる。貧乏なんだろうか、体質なんだろうか。いずれにしてもダイエットなんか一生しなくてもいいだろう。いいなあ……。

雪の中、丸井の前を通り過ぎる。後ろから追いかけてくる男の人の声がした。

「ちょっと、いいですか。お話ししませんか」

渋谷でナンパなんて、私も捨てたもんじゃないわ。しかしそんなもんに構ってられない。さっさと歩く。しかしかなりしつこい。

「ねえ、ちょっとお話ししましょう」

振り向くとさっきのイラン人のおじさんではないか。栄養のいきとどいているゆえにお金がありそうに見える日本の女が、うっとりと自分を見ていたと勘違いしたらしい。恥ずかしいより腹が立つ。

「忙しいからまたね」

と私はダイエット食品の袋を持った手を、大きく横に振りまわしたのである。

受賞

田舎の母と電話で喋っていたら、珍しく父が替わってくれと言ったらしい。

「元気でやってるかい……」

父は二十年前に脳溢血でやられて以来、その後遺症で喋りが少々もつれる。

「忙しいだろうが、〇〇デパートへ行って、オレの受賞作品を見てきてくれないか」

「受賞作品って何なのよ」

「オレのつくったものが発明展で佳作になったんだ」

得意そうな様子が受話器をとおして伝わってくる。今年八十二歳になる父のことを話すと、皆がどうして小説にしないのかという。

大陸で終戦を迎えた後は、そのまま中国共産党に入り八年間帰ってこなかったり、帰ってきたら帰ってきたでいろいろな事業に手を出して失敗したりと、とにかく変わった人生を歩んできた父親なのである。若い時から発明狂で、とんでもないものを幾つも作っている。特許を取ったものもあるが、母に言わせるとみんな箸にも棒にもかからないものばかりだそうだ。

とはいうもののこの年になっても、何かを思いつくと、知り合いの大工さんに頼んで試作品を作っているらしい。今回佳作になったものは、最近の健康ブームにもぴったりで我ながら自信作だ。出来たら実用化したいなどあれこれ言うのに閉口して、すぐに電話を切ったものの、これも親孝行だと思い次の日デパートへ出かけた。

意外なほどの人出である。隣りの催事場のバーゲンはひっそりとしているのに、発明展はそれこそ行列して見なくてはならない。

父の受賞作品はすぐに見つかった。なぜなら父の写真が飾ってあるからだ。母も写っている。

父の作ったものは「自動指圧器」といって、背骨に添わせて動かしていくとうまくツボにはまるというものだ。セロハンテープのケースのような形だと思ってくださるとい い。この使用方法を説明するために、母親のセーターの背中に、器具をあてている写真が引き伸ばされて飾ってある。老夫婦がいたわり合っているという感じの写真で、めったに家に帰らない親不孝娘は、いささか胸がきゅんときた。

が、他人には全く違う感慨を与えたようだ。

「シュールな写真だなあー」

ついてきてくれた男友だちがつぶやく。

「でもどうせ撮るなら、部屋の中を少し片づけておけばいいのにさ」

実家の居間のソファのあたりは、確かに新聞が散らばっている。こういう大雑把なところが私の父親らしい。

その夜、母親に発明展を見に行った報告をしていたら、仕事用の別の電話が鳴り出した。

ちょっと待ってねと母親に言い、少し離れた場所にある受話器をとった。

「もしもし、ハヤシさんですか」

講談社の担当編集者であった。

「先ほど吉川英治文学賞の選考会があってハヤシさんに決まりました」

その時私はとっさに、

「新人賞の方ですか」

と問うた。私は十二年前、吉川賞新人賞にノミネートされたものの、落選した経験があるのだ。

「何言ってるんですか、ハヤシさん、本賞の方ですよ」

「えーっ、ウソーッ！」

思わずはしたない声をあげる私。ノミネートされていたことさえ知らなかったし、下馬評に上がっていたという噂も聞かなかった。それより何より、吉川英治文学賞は、今の私が十年後の目標として掲げていた賞なのである。自分がいただいた賞のことをあれこれ言うのは自画自賛するようなものであるが、歴史のある重たい賞だ。おそらく私が

最年少の受賞でないかと思う。編集者のお祝いファックスの中にも、

「それにしても、あまりにも早い受賞ですね」

という一文があった。こういう文章を書いている間も、まだ信じられない思いだ。

「ハヤシさん、明日夕方六時から記者会見がありますけど大丈夫ですか」

「はい、大丈夫、何もありません」

受話器を置いた後、そのままにしておいた母の方の受話器をとった。

「何だかいい知らせだったみたいね。いいことがあったらしいと、ずっと耳をすませて聞いてたのよ」

「それがさ……」

と言いかけて、昼間のことをふっと思い出した。

「そう、親子受賞なのよね」

父にとっても私にとっても最高の一日になった。

さて、この話には後日談がある。記者会見から二日後の今朝、消防車のサイレンで目を覚ました。向かいのビルでボヤがあったらしい。その時鳥肌がすうっと立っていくのが自分でもわかった。

私の占いフリークぶりはご存知だと思うが、私には六年ぐらい前から定期的に見ていただいている霊視の先生がいる。

この方が先月うかがった時にこう言ったのだ。

「ハヤシさん、近いうちに大きな文学賞をもらいます。それから火が見えます……大丈夫、ハヤシさんのマンションじゃない。すごく近いところの機械室から煙が出ています。気をつけてください」

大当たりということではないか。それから先生はこうも言った。背が高くものすごいハンサムで、やや年下の男性が現れ、私と恋に落ちると。私はその表現にぴったりの男性と昨夜焼肉を食べに出かけたが、こう占いがあたるのでは、あの男性と何かあるということではないか……。が、お互いニンニクの煙につつまれ、全くそんな雰囲気ではなかったと断定出来る。

「ベストセラーは出たし、賞はいただくし、これで愛人なんてバチがあたるね」

皆が口を揃えてそうだそうだと言う。

説明書

ケイタイ電話が大嫌いだと以前書いたと思う。

ところがある雑誌の編集者が、

「うちの読者プレゼントに用意しましたけど、何個か余ったのでハヤシさんに……」

と言って持ってきたのである。

私はケイタイが嫌いであるが、昨今非常に不便なことが多い。どうもＮＴＴの方針らしく、街から公衆電話の数が減っているのである。従って傍にいる人に、誰か貸して、ということになるのであるが、あまりいい顔をされないようになった。ケイタイぐらい自分で買えばいいじゃないの、という表情がありありと見えるのだ。

「そうですよ。人には番号教えないようにして、自分がかける時だけに使えばいいじゃないですか」

揺れ動く私の心に、追い打ちをかけるような編集者の言葉……。

「それじゃ、いただこうかしら」

ということになり、ケイタイは今、私の手元にある。

これを使うにあたって、私はひとつの決意をした。それはどんなにつらくても、説明書をきちんと読もうということである。

この世の中には、説明書を読むのが大嫌い、という人種がいるが私もそのひとりである。細かい字がびっしり並んでいるのを見ると、もうそれだけで目がかすんでくる。最近の電気製品の扱い書というものは、大きな字で図解もあり、どんな人にもわかりやすくなっているのであるが、あれも絶対に駄目だ。恥ずかしながら、うちにあるビデオの予約も出来ない。電話の留守電機能もまだ試したことがない。通話以外で、あれこれ動かしたことが全くないのだ。

理科系の夫に言わせると、

「この家の電気製品は、本来の機能の四分の一も使っていない」

そうだ。これも説明書を読むのが嫌いなせいである。

電気製品の説明書も嫌いだが、それ以上に嫌いなのがお金に関する書類だ。私はお金を使うのは大好きなのであるが、いくら入ってきて、いくら出ていった、とかいう数字の羅列を見るのが大の苦手である。苦手を通り越して苦痛といってもよい。

月に一度、税理士さんがやってきて会計報告をしてくれる。会計報告といっても、私ひとりが稼いでいるわけだから、極めて簡単なものだ。それなのに三十分以上聞いていると吐き気さえ感じてくるほどなのである。

「体がよれてくる」

という表現がぴったりする。無理して嫌なことをしていると、じっとした姿勢をとることがつらくなり、くねくねしてしまうあれだ。

秘書のハタケヤマ嬢いわく、三十分経過すると私の体がせつなげに動き出すのでおかしくてたまらないそうだ。顔は泣きそうな子どものようになっているという。私に拷問ということをしたかったら、帳簿の山の中にほうり込み、計算をしろとか命じたらかなり効くはずだ。

とにかく私は、説明書とか報告書といった類いのものを読まずに済む人生をおくりたいといつも考えている。が、私の日常の中で、これに類したものは幾つかあって、ゲラというのもそのひとつかもしれない。本のゲラというのは、活字が印刷されてまだ製本されていない段階である。これに作家が赤ペンで手を入れていく。

長篇の小説となると、何日間かホテルに籠もらなくてはならないほど集中力がいる作業だ。昔はそれほどでもなかったのであるが、私はこのゲラがどさっと運ばれるたびに、憂うつな気分になるのである。

既に編集者の手で、かなりのチェックが入っている。かなり細かいことを指摘している。

「主人公はこの時三十一歳ですから、二十年前は中学生というより小学生ではないでしょうか」

「この人の父親は五十六ページでは生きています。遺産が入ってくるのはおかしい」

私のいいかげんさがあらわになり、私はとても恥ずかしい。連載の時は気づかないまま、生きている人を死なせたり、傍役《わきやく》のキャラクターが変わったりするのは私の場合しょっちゅうだ。それならばゲラの時にうんと直すかというと、そんなことはない。作家によっては、原型をとどめないくらい、真赤にペンを入れていく人もいるという。ギリギリまで自分の書いたものを直そう、少しでもよくしようというのが、作家のあるべき姿であるに違いない。こんなことは百も承知なのであるが、やはり私は自分の書いたものに手を入れるのが嫌いなのだ。

ああすればよかった、こうすればよかった、と思うことはいっぱいある。が、もう書いちゃったものは仕方ない、という気持ちの方が勝つ。これに関してはかなり自己嫌悪にとらわれていたのであるが、ある編集者の言葉でちょっと救われた。

「作家には二通りあって、書き終わったとたん、もう自分の書いたものにはいっさい興味を持たない人がいますけど、ハヤシさんは典型的なこのタイプですね」

そういえばと、思いあたることがある。学生時代、私は答案用紙をほとんど読み返したことがない。書き終えてぼんやりと窓の外を眺めている私に対してであろう、先生はよく言ったものだ。

「ちゃんと見直しなさい。それで五点でも十点でもよくなるかもしれないんだから」

が、私は、たとえ十点そこで得をしたとしても、もう一度答案用紙を読むなんてことはまっぴらだと思ったものである。もう終わってしまったことに執着を持たない、という姿勢は、いろんな部分につながっているようだ。

私は物欲が強く、あれもこれもいろんなものを欲しがる。が、それを手にしたとたん、確かに興味と関心を失う人間かもしれない。その欠点を直すために、どんなにつらくても説明書はちゃんと読むことにしよう。それはこれから愛を持ってこの品物とじっくりつき合うというセレモニーなのだから。

謎とき

福島次郎さんの書いた『三島由紀夫――剣と寒紅』は確かに面白かった。

三島由紀夫に関しては、最近の猪瀬直樹さんの名著『ペルソナ――三島由紀夫伝』もあるし、その少し前に野坂さんがお書きになった『赫奕《かくやく》たる逆光――私説・三島由紀夫』というこれまた素晴らしいものがある。これ以外にも何冊もの評論が出されているのであるが、福島さんのこの本は最後に残された一点を、うまく締めくくったという感じである。

が、この『剣と寒紅』から読み始めたら三島が可哀相だ。やはり他の評論や伝記をきちんと読んだ後に、三島由紀夫の秘密を知る、といった姿勢がファンとしてのあるべき姿であろう。

福島さんによって描かれる三島由紀夫の姿は、滑稽で悲しい。「週刊文春」でも記事になっているので詳しい引用は避けるが、初めて二人でホテルに入る時、ムードづくりのため、三島は大きなポータブルラジオを運んでくるのである。そして、

「ぼく……幸せ……」

と言って抱きついていく、あれだけ巧緻を尽くした文章を書く人が、つぶやく言葉があまりにも陳腐で驚いてしまう。後にベッドに誘う時の言葉、

「ぼく、しばらく昼寝する。君はどうする？」

にも笑ってしまう。大作家が、まるで高校生みたいではないか。福島さんの恋人の体育教師に嫉妬するさまもおかしい。

が、この本は三島の下半身を貶《おとし》めようとするものではないのだ。今日聞いたところによると、遺族の方から回収の仮処分の申請がなされたというが、私は三島の隠されていた部分を知っても決して軽蔑したり嫌悪したりはしない。

それどころかつまらぬ口説き文句をつぶやき、そそくさと己の欲望だけを果たしながら、三島という人は自分と相手の心を遠くから見据えている。心と体の動き、性欲というものの本質に迫り、それを見事な文章にしている、これが天才というものであろうか。

また福島さんという人の三島のとらえ方もすごい。三島と肉体的に交り、その人物像を書いたのは福島さんだけだったから、これほどまでに正確に描写出来るのだ。こんな一節がある。

「ごく若い頃から、芸術、芸術とただ一筋にかけて生きてきて、芸術上の業績は見事に上る反面、芸術の神から見こまれすぎて、凡庸な人間としての生気が吸いあげられ、たとえ社会的、人間的に立派であろうとも、その奥の、動物としてのエーテル、性的吸引

力のようなものを失い、妙に乾き、晒されて、一種の畸形的な印象を与える人々が、徹底した芸術家タイプの人の中には時々いる」

あ、こういう人は確かにいるなあ、と思う。作家の中にも、顔と体のバランスが妙に悪く、肌がてらてらしている人がいるものだ。

昨日、文藝春秋の人たちと話していて、話題がこの本のことになった。年配の編集者の中には、三島由紀夫のことを知っている人がいる。

「確かにちょっと気持ち悪かったよなあ。ものすごく毛深くて、それを見せびらかすような服着ていて、しかも背が低いんですよ」

「へえー、三島由紀夫って背が低かったんですか」

私の中では長身というイメージがあった。

「かなり背が低かったですよ。まるで少年みたいな体つきでした」

福島さんの本が、急にリアリティをもって迫ってくる。

先日、そのテの店に連れていってもらった時に、マスターがある芸能人を評して、

「あの人はリバーシブルだから」

と言った。意味がわからず問いかけてあっと思った。つまりバイセクシュアルということである。面白い譬《たと》えだとすっかり気に入り、友人に教えてやったら、

「だけどかなり下品な言い方じゃないの」

とたしなめられた。

そのリバーシブルもそうであるが、私は同性愛についてこれといった偏見を持っていないつもりである。私のまわりにあまりにも多いからだ。

この性癖を持つ人たちは、芸術方面にものすごい才能を示す。才能と呼ぶほど大きいものでなくても、とぎすまされた美意識を持つ。そうした人々のおかげで、ホモセクシュアルは、もはや社会的に認知されているはずだ。

まあ、この世にそういう人たちがいても少しも不思議ではないという感じ。これに反してよくわからないのが、レズビアンという関係である。それは私が女であるということが大きい。女同士仲よくして何が楽しいんだろうかということが、実感としてわくのである。

けれどもある日、わりと親しい女性がさらりとこう言ってのけた。

「女、好きですよ。昔はレズっぽいこともありましたよ」

これにはたまげた。万引きと同じで、皆そんなことをしているはずはないとずっと思っていたのに、世間は私なんかとは全く違うところで動いているという感覚だ。ある学者がこう書いていた。

「バイセクシュアルというのは、決して恥ずべきことではない。セックスを二倍楽しめるということではないか」

うーん、何だかこれもよくわからない。

が、大人になってよかったと思うことのひとつは、人間はいろんな生き方をしているのだということを知ることである。ホモの人もいればレズの人もいる。昔はこれがわからなかった。自分の過去を思い返してみると、男の人とのことでつじつまの合わないことが幾つかある。二十年後に考えてみて、あっと膝をうった。

「そうか、あの男の人は同性愛だったのか」

いっきに謎が解けた。だからどうというわけではないがわかってみると何だか嬉しい。

「そうだったのよ。だから私たちの仲って少しも進展しなかったんだ」

友人に打ち明けたら、

「そういうの、よくない。自分に興味を持たない男を、即ホモとか言う女、この頃多いんだ」

と言われ、かなりむっとした。

誕生日

先日、吉川英治文学賞をいただいたことに触れ、

「おそらく私が最年少の受賞者」

と書いたところ、何人かの編集者から間違いを指摘された。宮本輝さんが三十九歳の時に「優駿」で受賞されているそうだ。失礼いたしました。

が、今週になっても受賞がらみのお祝いがずっと続いている。正式なパーティーにはまだ日があるのであるが、友人たちが個人的に祝ってくれているのだ。

おまけにこの週は大イベントがあった。何を隠そう、四月一日は私の誕生日なのだ。私は昨年のおかしくも哀しいバースデーを思い出す。

夫の海外出張中をいいことに、ボーイフレンドの誰かと楽しいひとときを過ごそうと画策していた。が、どこからもお誘いがなく、私は小説の取材で下町の深川に向かった。ここの一軒家に、芸者さんや美容師を引退した八十代、七十代、六十代のお婆さんたちが仲よく暮らしているのだ。手土産替わりに、その日友人がつくって届けてくれたバー

スデーケーキを持っていったところ、お婆さん三人による、

「ハッピー・バースデー・マリコ！」

の合唱が始まったのである。そのおかしさ、その無念さ、というのは私の誕生日の中でも特別のものとなるであろう。

今年は昨年のようなことにするまいと私は心に決めていた。昨年は昨年で楽しかったが、やはり祝ってもらう相手はお婆さんではなく、男の人の方がいい。

一日中空けておいたところ、夫はあっさりと裏切った。

「そんな毎日、会社を早退出来ないよ」

その前日は私のお祝いで、前々日は別の会に一緒に招待されていた夫は、夕方かなり早く会社を出なくてはならなかったらしい。

「それにさ、だいたいさ、いい年こいて、なんで誕生日だって騒がなきゃいけないんだ」

プレゼントも「金が無い」のひと言で片づけられた。

そりゃあ自分でも、お祝いしてもらうには、トウが立ち過ぎていることぐらいわかっている。誕生日が重要なのは、子どもか、恋人が何をくれるかしらとわくわくする若い娘だけだ。そうはいっても、年に一回だけの日が、いつもの散らかった食卓で、いつもの夕ご飯というのは悲し過ぎる。

「じゃ、いいもん。他の男の人につき合ってもらうから」

私はさっそく友人のA氏に電話をかけた。彼は昔からの古い友人で、今話題の官僚をしている。さばけているというよりもユニークな人物で、そのテの風俗にも実に詳しい。私がふざけて、

「ノーパンしゃぶしゃぶの官僚リストの中に、あなたの名前があったんだって」

と聞いたところ、

「オレは昔から自費で行ってる。文句あっか」

と怒鳴られた。

「そもそもノーパン喫茶ぐらい、健康的で安上がりなところはない。六千八百円で、コーヒー飲み放題で半日ねばれた。それをアホな奴らが、しゃぶしゃぶみたいなもんくっつけて、あんな値段にしたんだ。たかる役人も悪いが、業者だって悪い。そもそもアンタも含めてマスコミの連中、いいかげんにしろよ」

私までついでに叱られてしまった。

「オレたち役人は何も言うことが出来ないと思って、書き放題、やりたい放題じゃないか」

この私とて、最近よく週刊誌のグラビアに出てくる「代々大蔵次官の邸宅」を非常に不愉快に思っているひとりだ。埼玉のはずれの、どうっていうことのない建売住宅がどうして〝豪邸〟なんだ。あの程度の家に住んでいるサラリーマンはいっぱいいるだろう。よしんば都心の本当にすごい家に住んでいるからといって、それが次官をしていた人の

人生とどう結びつくのか。その人の実家がもともとお金持ちだったかもしれないし、お金持ちの奥さんをもらったかもしれない。人の何倍も努力してエリートと呼ばれる人になればいい縁組だってあるだろう。だからといって咎められることは何もないはずだ。私も充分に卑しい人間であるが、羨望と嫉妬がごっちゃになったああいう卑しさを見るのはつらい。

というようなことをいつも話しているA氏なのであるが、電話をかけたらやさしかった。四月一日は、007の映画を見て、食事をしような、と言ってくれた。競馬の万馬券があたったのでご馳走してくれるそうだ。

映画館の前で待ち合わせをしたのであるがなかなかやってこない。私はバッグの中から例のケイタイを取り出し、彼のケイタイにかける。

「もしもし、今どこにいるの」

「地下鉄の階段を上がったところ、もうすぐだ」

ケイタイでデイトの連絡を取り合うなんて、まるで若いカップルみたいネ、とちょっとわくわくする。

007の映画は面白かった。売店で彼が買ってくれたポップコーンもおいしかった。おまけに映画館の暗がりの中で、A氏は小さな包みをくれるではないか。うっ、うっ、嬉しい。私は一瞬この人と再婚しようかと思ったぐらいである。が、彼は私と同じでメンクイの上に、しかも若いのが好きときている。絶対にそういう感情が芽ばえない私たちである。

映画の後、深夜までやっているイタリアンでワインかな、それとも軽めのフレンチかしらなどという私の想像はすぐにぶっとぶ。歩いて五分ほどの焼肉屋で、カルビとキムチを二人でつついた。彼は熱っぽく景気動向と橋本内閣について語る。このへんになると話がむずかしくてついていけない。石焼きビビンバを食べながらひたすら拝聴する。焼肉屋を出て、冷たい雨にうたれながらタクシーを探した。帰ってくると夫はテレビを見ていた。

「何か、君、すっごくニンニク臭いね」

「悪かったね……」

私は寝室に入り、ごろりと横になった。私の誕生日は、昨年より進歩してるのか、後退してるんだろうか……。ひとつ言えるのは確実に年をとって疲れやすくなっているということだ。私は服を着たままうたた寝を始めたのである。

セコいぞ、郷ひろみ

郷ひろみさんの離婚のニュースは、嫌な後味が残った。

もちろん離婚の話というのは、全く他人ごとでも楽しいものではないが、それはその「他人の不幸はナントカ」風の面白さや好奇心がわくこともある。最近はとんでもない夫や妻の発言も飛び出し、そこはかとなくユーモアの味がかもし出されることもしばしばだ（例、沢田亜矢子夫妻）。

ところが郷さんの場合、息苦しさと哀しさだけがつきまとう。最後の最後までコンプレックスにとりつかれていたんだなあと思う。郷さんというのはあれだけのスターでありながら、いつもわかりやすい劣等感をちらつかせる人だった。生まじめだからあらわに出す、そのひとつが知性というものであった。

確かあの人、堀越高校卒業時には慶応大学を受験し、かなり話題になったものだ。本人はマスコミを避けるつもりでマスクで顔を隠し、受験場に現れたのであるが、あの太い眉と目は誤魔化しようもなくすぐに見つかった。かなりみっともなかったと記憶している。

結局、日大経済だかの二部へ入ったものの、ここは埼玉の熊谷キャンパスだから通えるはずもない。ほとんど行かないまま三週間ぐらいで退学したはずだ。当時、日大に在学中だった私は同窓になれるのかと喜んでいたのであるが、あっさり肩すかしをくわされた感じになり、ちょっとむっとした。

それから十四年後、郷さんの披露宴の生中継を見ていた私は一瞬耳を疑った。新郎新婦の紹介の中、

「新婦は慶応を幼稚舎から優秀な成績で卒業し、新郎は日大を優秀な成績で中退し」

と言ったからだ。えー、あんなのを学歴にしているワケ、と私は驚いた。昔好きだった男のセコさを見せられるのは悲しいものだ。一流大学出の女房を貰ったのがそんなに嬉しいか。昔、自分が落ちた慶応にそれほど憧れていたのかと、私は友人たちとしばらく悪口を言ったものである。その郷さんが選んだ女性は、日本がバブルを迎えていた時期の、象徴的な女性といってもよい。彼女が郷さんと結婚した年、女の子のブランド信仰は頂点を極め、そこには現在のような曇《くも》りや後ろめたさがなかった。女の子たちはもっと無邪気に明るく、欲望について語ったものだ。そんな中、友里恵さんが書いた『愛される理由』は、百万部を越えるベストセラーになった。これはとても面白い本であったと今でも私は思っている。何よりも文章がうまかったしセンスがあった。そこには、自分の車で毎日大学へ通い、帰りは友人たちと夜の街に繰り出す、おしゃれで豊かな八

○年代の女子大生の姿が描かれていたのである。
二谷友里恵さんとはこの本がきっかけで対談させてもらったが、とても聡明な女性という印象がある。今さらこんなことを言うのは卑怯なようであるが、私はあの時、

「この頭のいいコが、郷ひろみとうまくやっていけるのだろうか」

と秘かに思ったものである。

『愛される理由』を読むとすぐにわかるが、彼女は他者の内面をきちんと掘り下げていく能力がある。つまり人間をちゃんと読める人だ。彼女はまだ大学を出たばかりでとても若かったが、人間として成長するにつれ、夫をどのように見てきたのであろうか。

郷ひろみさんはおそらくとても性格のいい人であろう。誠実でやさしい夫であるはずだ。けれどもあの劣等感と上昇志向の強さ、それをカバーするセコさに、いつか気づくんじゃないかナ、と私は余計な心配をしたものだ。

が、二人のお子さんも出来、友里恵さんはますます美しくなっていった。自分で洋服のプロデュースを始め、そこそこの成功も収めたようだ。レストランで夫婦と一度すれ違って挨拶を交したことがあるが、とても幸せそうであった。友里恵さんの成長に、郷ひろみさんの人間的円熟がぴったり歩調を重ねてきたのかというのが私の勝手な感想であった。

しかし、「三つ子の魂百まで」とはよく言ったものだ。今度の離婚劇で私は郷さんのコンプレックスの正体をしっかり見てしまったようだ。

芸能レポーターに囲まれて記者会見するよりも、自分で本を出した方がずっとカッコよく「知的」だと思っているあの愚かさ。マスクをかけて慶応を受けに行った時と少しも変わっていないじゃないか。

そりゃあ、レポーターに囲まれての記者会見は嫌であろう。三田佳子さんのようにとんでもない失敗をすることもある。けれどもあなたの職場はあっちなんですよ、と私は言いたい。あなたがデビューした時からあなたを見守り、時にはイヤなことをしただろうけれども、あなたと一緒に仕事をした人たちがいる場所で、あなたはちゃんと自分の意見を言うべきである。それが義務というものでしょう。

婚約、結婚の時は大々的な記者会見をし、テレビ局に生中継をされてあなたは何億円というお金を貰ったはずだ。それについて誰が非難するだろう。人が自分の職場でお金を稼ぐのは当然の話だ。けれどもそういう職場の人の前から姿を消し、本を買って読んでくれはセコすぎる。ゴーストライターにうまくやられて聖子やゴクミの話まで入れ、自分で自分の暴露本を書いてどうするんだ。友里恵夫人の顔が般若のようだったと書いているらしいが、これはあきらかにルール違反だ。あなたは職場においても違反をしているけれど、夫としても重大な違反を犯していると私は思う。あなたは妻の『愛される理由』を上まわるベストセラーを出すのが夢だったのか。本は印税が入る。けれども、タダのワイドショーや、せいぜい三百円の女性週刊誌でなく、千六百円の木戸賃を払わなきゃ、オイラの面白いネタは教えないぞ、なんてファンに対して失礼だ。本当にあなたってセコかったのね。

充電中

恒例の桃見ツアーで山梨へ行ってきた。ぽちぽち降ってきた雨を心配したのであるが、私たちが桃畑の中でバーベキューをしている間は、どういうわけかぴたっと止んだ。その代わりに風がすごい。強風にあおられて紙皿が次々と飛び、私の白いカーディガンはシミだらけになったほどだ。

その後用事がある私はバスを降り、ひとり実家へ向かった。三日前、両親および従姉三人と私は会ったばかりだ。吉川英治文学賞の授賞式にみんな来てくれたのである。十二年前の直木賞受賞の時は、若さゆえの照れもあり身内は弟しか呼ばなかった。が、両親の年齢からして、今度の吉川賞は晴れ姿を見せる最後のチャンスである。そのために私は、会場の帝国ホテルに部屋を取り、両親や姉妹同然の従姉たち、そして関西に住む弟一家も呼んだ。こう言っちゃナンであるが、賞金の十分の一を費した。それが三日前のことだ。おそらく私の一族郎党は、興奮醒めやらぬはずである。そして母親の感激はいかばかりであったろうか。

思えば文学少女がなれの果てに、自分の古本を売って本屋になった。それが私の母親である。授賞式では私の姿を見て、さぞかし感涙にむせんだことであろう。ところが母は、

「後ろの席で、ステージも無かったからほとんど何も見えなかった」

と言う。

「えーっ」

私は大声をあげる。

「私が前を塞いでたから見えなかったかもしれないけど、私の席の真後ろには、選考委員の五木寛之先生が座っていらしたのよ、本物の五木先生を見なかったのっ！」

私の頭がちょっぴり見えただけだと母は断言する。

「じゃ、パーティー会場で渡辺淳一先生は見なかったワケ。曾野綾子先生だっていらしてたのよッ！」

実は母親を招いたのは、元文学少女で本屋のおばさんだった彼女に、生の有名作家をひと目見せたかったというのがある。それなのに母は老いて足が悪いこともあるが、パーティー会場では席に座ったままどなたも見なかったと言うではないか。

「じゃ、いったい何のために来たのよッ」

思わず声を荒らげる私である。

「でもビュッフェがすごかったから……」

母は心から感心したように言う。

「料理が無くなると、次から次へと新しいお料理が出てくるから私はびっくりしちゃった。ここいらとはまるで違う、このあいだそこの○○さんが――」

地元の名士の名を挙げる。

「選挙に出るんで、何か理由をつけて庭でパーティーをしたのよ。甲府から料理人が来てビュッフェ形式で出したんだけど、あっという間に無くなっちゃった。ここらの人はビニールやタッパーを持ってくるのが常識だから」

その後もやっぱり帝国ホテルのビュッフェはすごい、おいしかったという話ばかりである。後からうちに来た従姉もそのことしか言わない。私は本当にがっかりしてしまった。

さて次の日、山梨でひとつグラビア撮影をした後は、これまた待ち合わせ場所の帝国ホテルへ急いだ。今日は東京ディズニーランド十五周年記念で、関係者が招待されているのだ。この日アトラクションは空いていてほとんど待ち時間なく、どれもタダで乗り放題という、まるで夢のような夜なのである。同じく招待されている男女五人のグループで出かけることにした。

実はこれには深い物語が隠されている。つい先日、秋元康さんとお酒を飲んだ際、恋愛の達人からいろいろレクチャーを受けたのだ。

「ハヤシさん、サービス精神のある女がいちばん駄目だよ」

と秋元さん。

「もっと我儘《わがまま》になって、男にいろんなことを要求しなさい。思いっきり高びしゃになっていいんだよ」

「でも私、今までそんなことをしたことがないから……」

「今のハヤシさんだったら出来るよ。やってごらん」

そんなわけで手始めに、私はA氏にあたってみることにした。A氏というのは、このページにも時々登場するハンサムな商社マンである。ヒマが出来るとケイタイをくれる仲だ。

「あのね、私、来月ディズニーランドに行きたいの。私の招待状もう一枚あるからあなたをパートナーにしてあげる。だから千葉まで連れていってよ」

普段の私からは考えられないほどきつい調子で言った。頭の中は白鳥麗子だとか葉月里緒菜さん、山咲千里さんなんかがごっちゃなイメージでパンクしそう。あの人たちだったら、こう言うのではないかと自分なりに考えた声と態度だ。

そしてA氏はすんなりこう言ったではないか、

「いいですよ。僕の車でよかったら」

やったーと雀躍《こおど》りしたいような気分になる。私だってやればやれるんじゃん。どうってことないじゃん。そうよ、そうよ、男なんてこっちが強気に出れば、結構言うことをきいてくれるのね。モテる女って、こういうことを何百回もして磨かれていくに違いないワ。そして私はもっと高慢に、顎を上げてこうつけ足した。

「ところでAさん、吉川英治賞のお祝いどうなってるワケ。まだ何もないけど」

そうしたらどうだろう、彼はむっとしたようにこう言うではないか。

「あの、それって僕がお祝いしなきゃならない類いのものなんですか」

そんな屈辱的なこともあったけれど、五人で楽しくディズニーランドに向けて出発する。十時半の閉園までふらふらになるぐらい遊んできた。

家に帰ると夫が言った。

「君って最近、ちっとも仕事してないみたいだけど……」

さすがに鋭いところをついてくる。五月から始まる新聞と週刊誌の連載小説に向けて、充電と称して仕事をかなりセーブしてきた。そのツケをそろそろ払わなくてはならない晩春の宵である。

小説作法

対談などで俳優さんに何人かおめにかかり、わかったことがある。それは、

「ベッドシーンの時、恥ずかしくありませんか」

という質問がいかに失礼かということである。

相手は演技のプロだ。

「指はどういう風に見せようか。肩をもっとひいた方が綺麗に見えるかもしれない、なんて考えてこっちも必死ですよ」

きっぱりとおっしゃった方がいる。

私たち作家にも、同じような質問が来る。

「ベッドシーンの描写、書いていて恥ずかしくありませんか」

むっとはこないまでも、やれやれ、またか、という感じである。そういうことを恥ずかしいなどと思うなら、最初から物書きを志したりはしない。作家はそういうところがものすごく鈍感である。自分の小説の中で必要であるならば、どんなことだって書ける

し、それをためらったりすることはない。

私はよく、

「性描写は作家の腕の見せどころ」

という言葉を使う。ポルノ専門の方は知らないが、私はそういうシーンになればなるほど端正な文章を心がける。手垢のついた形容詞や比喩は、死んでも使いたくないという覚悟で筆を進める。もしイヤらしいと読者が感じてくれたら本望というものだ。

といっても、こういう居直りが最初から出来ていたわけではない。何といっても難関は家族の反応である。さりげなく自分の本が、居間などに置かれているとドキリとする。まともに母親の顔を見られない、などということを経て、みんな堂々とベッドシーンを書く作家になっていくのである。

ちなみにうちの夫は小説というものを全く読まない。それでどれほど助かっていることか。

といっても私の場合、多少はナイーブなところが残っているのかもしれない。最初に読む人間、つまり編集者に原稿を渡すことに未だに照れているのだ。

つい先日のこと、月刊の小説雑誌のために四十枚の短篇を書いていた。ある都市を旅行する、官能に徹した男女の話である。

「イヤだなあ、こんな忙しい時に四十枚か。ゴールデンウイークで連載の〆切りがみんな早くなっているのになあ。どうしてこんなもん引き受けちゃったのかなあ……」

などとぶつぶつ言いながらペンを持ったのであるが、書き始めると何だか止まらない。性描写も書きながら自分でドキドキするぐらいうまくいった。無我夢中で書き、あっという間に三十枚書いていた……。

などと書くと自慢めくのであるが、十五年この商売をやってきて、これほどスムーズに筆が進むのはめったにないことだ。書くことがこんなに楽しいとは我ながら驚きであった。

あんまり楽し過ぎるのと、筆が流れるのを怖れ、三十枚でいったん止め、日をおいて残りを書き始めたぐらいである。

問題はこの後だ。担当編集者はまだ若い女性である。電話がかかってくる。

「あ、ハヤシさんですか。読みましたア。すっごく感じちゃいました。いいですよねえ……」

こういう風に言われると、

「あ、どうも」

とドギマギしてしまう私だ。最近、担当編集者がみんな若くなり、反応が率直な分、ミもフタもないことが多い。もうちょっと別の言い方をしてもらいたいナ、と思う時がある。

もう十年以上も前のことになるが、あるところで連載小説をしたことがあった。私はあまり編集者を嫌ったことはないが、彼だけは別であった。某大学の文学部大学院で創作コースだかを専攻している彼は、とんでもなく見当違いのことを指摘するのである。

「ハヤシさん、主人公がこの内心吐露をする時は、必ずカッコをつけてください」

「文章の内容がつながっている時は、改行しないでください」

私は彼にそういうシーンをまっ先に読まれるのが我慢出来ず、長い長い連載中、主人公たちにキスもさせなかった。あの若者に、

「ハヤシさん、このベッドシーンはこうしてください」

などと言われたら、もう耐えられそうになかったからである。

ではどういう編集者がよいのであろうか。

週刊文春に「不機嫌な果実」を連載していた時は、三十代の男性であった。現役の彼にどれほどお世話になったことだろう。

「ハヤシさん、ラブホテルの部屋はそうなっていませんよ」

「そうする時って、浴衣の紐で縛るんじゃありませんか」

などといろいろ訂正もしてくれて本当に助かった。が、問題はある。その指摘の仕方が、何だかナマナマしいのだ。彼の秘密を聞いているようでこっちが困ってしまう。

初めてこちらの原稿を読んでくれる人は淡々としていて、居るか居ないか、といったタイプがよい。枯れている、というのでもないが、ものごとを達観している人が理想である。

いきなり電話をかけてくるのでなく、手紙、もしくはファクシミリで感想を書いてく

れる人。そういう人が編集者だったら、私もうんと大胆な小説が書けるはずである。

ところで〝書く〟と言えば、先々週の郷ひろみさんに関するエッセイに対して、幾つかの間違いを指摘していただいた。私のまわりにものすごい数の〝ひろみオタク〟や〝ひろみウオッチャー〟がいることに驚く。

それによるとマスクをして受験したのは慶応ではなく青山学院だそうです。中退したのは日大経済学部二部ではなく、日大法学部二部ということだ。失礼しました。

「でもハヤシさんのおかげで、やっと別れる決心がつきました」

とある女性からお礼を言われた。

そんなこと言わずに、これからも彼の人生皆で見つめよう。

ウランバートルの蝶々夫人

モンゴルのウランバートルに来て、もう一週間が過ぎようとしている。

私はすっかりこの砂漠の都市が気に入ってしまった。ここに来る前に読んだ本によると、日本人の遺伝子は韓国や中国を飛び越して、モンゴルの人たちと非常に似かよっているそうだ。そんな本を読まなくても、私たちの祖先がここから来たことはすぐにわかる。嬉しくなるほど、街の人々は知り合いの誰かとウリふたつなのだ。

あれはもう一年近い前のことになる。作曲家の三枝成彰さんに誘われた。

「モンゴルにすっごいオペラがあるから観に行かない？」

その時は半信半疑であった。私のとぼしい知識によると、モンゴルは遊牧民の国である。街でも羊が歩いているという。そんなところで、いったい誰がオペラを観るというのだ。が、それはものすごい偏見というものらしい。三枝さんの話によると、社会主義の時代に旧ソ連の影響で、モンゴルはオペラが非常に盛んなのだという。さっそく二月にオペラツアーの計画が組まれたのであるが、厳寒の最中に何も行かなくてもという気持ちが皆に起こったらしく、キャンセルが続出した。私もそのひとりであったのだが、参加者が少なく結局このツアーは流れてしまった。

そして再び連休に「訪蒙団」が組まれたのであるが、たった五人という淋しさは残念であった。どうも他の人たちは、

「モンゴルに、本当にオペラがあるわけー」

とまだ信じていなかったようなのである。

さて初めて見るウランバートルは、人口六十三万の堂々たる大都市である。羊なんてもちろんいない。広い道路、石づくりの建物はロシアの都市を連想させる。ここの真中にレンガ色の壁、円柱がエレガントな歌劇場が建っている。これは戦後、抑留された日本人兵士が建てたものだという。ミラノのスカラ座によく似た馬蹄《ばてい》型の建物だ。客席五百という規模であるが、ここは何とオーケストラ五十七人、合唱団五十八人、ソリスト二十人にバレエ団四十人を抱える完璧な歌劇場なのだ。

「日本でオペラ専門の劇場がやっと出来たのは昨年のことで、しかも独自のオーケストラも持ってないんだよ。それなのにこの国では昔からちゃんとやってるんだからすごいよ！」

三枝さんはしきりに感心している。

この劇場は現在工事中でお休みなのだそうだ。しかしモンゴルの人たちは客をこのうえなく大切にしてくれる国柄である。遠い日本からわざわざオペラを観に来てくれたと

いうので、四日間特別に上演してくれることになった。テープで流す形式かと思ったらとんでもない。ちゃんとオーケストラもバレエ団もつく。

我々五人のためにだけオペラが上演されるのだ！　昔の王侯貴族のような贅沢ではなかろうか。

さて最初の日は「トスカ」である。貴賓室らしきところで茶をふるまわれた後、席に向かう。客席には三列ぐらいの客がいる。せっかく上演するからということで関係者を入れたり、タダにして観たい人を募ったそうだ。ちょっとホッとする。やはり私たちだけ席にいるという場面を想像すると気づまりなものだ。

さて幕が開く。なじみのあるメロディが流れ、あの聖アンドレア・デッラ・ヴァルレ教会の場面が現れた時、私は目頭がじいんと熱くなった。舞台装置は正直言ってとてもお粗末なもので、書きなぐったような絵が描かれた書割《かきわり》である。歌手たちの衣裳も立派とは言いかねる。が、これはまぎれもなく「トスカ」なのである。こんな場所で、というとまたまた偏見ととられそうなのであるが、そうお金もないだろうアジアの端っこの国で、「妙なる調和」が高らかに歌われ始めたのだ……。

が、二幕めになると私のそうしたセンチメンタルはすっかり吹っとんでしまった。私のような〝シロウト耳〟にも、歌手の水準がかなりのものだとわかるのである。後から聞くと歌劇場のソリストやスタッフたちは、モスクワやレニングラードに留学経験を持つ人たちばかりだ。中にはイタリアに学んだ人もいる。世界的にも通用する人がいるらしい。

「トスカ」の主役、画家カバラドッシを演じたテノールは、板東英二さんそっくりの風貌である。この板東さんは朗々と「星は光りぬ」を歌う。そして特筆すべきことは、これはモンゴル語で歌われているということだ。これも三枝さんの受け売りであるが、その国のオペラの成熟度は、どれだけ自国語に直して歌われるかということだ。この後、二日続けてオリジナルのオペラを観たが、そのうちのひとつは、なんと二千五百回上演されたというからまたまた驚く。どうもモンゴルの人たちは本当にオペラが好きらしいのだ。

さて四日めの最後は「蝶々夫人」であった。お金が無いために、一生懸命頑張って花の絵を壁に描いたり、紗《しゃ》のヴェールをたらしたりしている。これが思わぬ効果をもたらして、キッチュでとても面白い。時々日本で演じるもので、外国人の演出家や美術家を使い、わざと、

「外人の誤解している蝶々夫人」

の舞台をつくることがある。そんな感じでかえっておしゃれに見える。

まあ、予想どおり衣裳は奇妙きてれつといっていい。チャイナ風の着物をぞろりと着た蝶々さんが、ウチワをあおぎながら登場してくる。

しかし歌が始まったら、もうそんなことはどうでもよくなった。ものすごい迫力に圧倒されてしまったのだ。蝶々夫人とピンカートンの二重唱にあっという感じでひき込

まれていく。

一幕めが終わり、三枝さんも興奮していた。

「今まで聴いた中で、最高の『愛の二重唱』だった。いやあー、すごい、すごい」

三枝さんによると、指揮のレベルも相当のものだそうだ。

「オーケストラボックスの中をのぞいてごらんよ。みんなボロボロの手描きの楽譜使って、楽器だってひどいよ。それなのにこれだけの音を出せるんだ。棒ふりの心意気がいかにすごいかっていうことじゃないか」

最後の日に舞台を見させてもらったが、穴ボコだらけのつまずきそうな板である。近くにいくと舞台装置はもっとひどい。しかしオペラはお金じゃない、演《や》る人たちの情熱だということで我々の意見は一致したのである。

モンゴルのトイレ

せっかくモンゴルに来たのだから、都会だけでなく砂漠を味わおうということになった。

ウランバートルから車で四時間半ほどいったところに砂丘があり、ゲルホテルがあるという。遊牧民が住むゲルを、観光客用に直したものらしい。

さっそく二台の車で出発する。ウランバートルの街を出ると、目に入ってくるのは草原ばかり。私は途中で重大なことに気づいた。

トイレをどうしたらいいんだろう。

行けども行けども木一本生えていない。時々丘らしきものがあるにはあるが、身を隠すには低過ぎる。それでも呑気な私は、途中のガソリンスタンドのトイレでも借りようなどと考えていた。が、そんなものはありはしない。ガソリンスタンドらしきものはあるのだが、トイレなどないと言われたのである。

ちなみに今度のツアーは、女性は私ひとりである。ウランバートルでは女性の通訳もいたのであるが、彼女は今度の一泊旅行には従《つ》いてこない。日本人男性が四人、通訳、ドライバーといったモンゴル男性が同じく四人という構成である。

男の人はこの場合どうということもない。車を時々停めて、むしろ楽し気ですらある。みんな親切な人ばかりだから、ついでに私のことも心配してくれる。

「ハヤシさん、このあたりでどうぞ」

などと通訳の若いモンゴルの男性が言ってくれるのであるが、このあたりといっても、本当に繁みひとつ無いのだ。

「大丈夫、私は何とか我慢出来るから」

たそがれの光の中に、ゲルを見た時の嬉しさといったら……。すぐさまトイレに向かったのであるが、そこも安住の地ではなかった。観光シーズンではないので、別棟のタンク式の水洗トイレは閉められている。その代わりと指示されたのは、柵の外にある壊れかかった小屋である。穴に板が渡されただけのトイレが三つ並んでいるが、目隠しの塀も、境の壁も半分消滅している。

「これじゃハヤシさん、可哀相だよね」

みんな同情してくれるが、私はベトナムや中国の奥地のトイレも体験している。どうということないワと勇んで出かけたのであるが、やっぱり胸がドキドキした。

柵の中にゲルは十棟ほどであろうか。他に客がいないので男性は二人ずつ、私はひとりでゲルを使うという贅沢さだ。四つベッドが並んでいるのだから、本来なら四人で泊まるべきなのだろう。

予想どおりゲルはとても快適だ。陽が暮れると草原はぐっと温度が下がるが、この中ではストーブを燃やし続けるからとても暖かい。自家発電なので暗めだが灯りもある。みんなでひとつのゲルに集まり、食事の後は酒盛りだ。が、次第に私は不安になってくる。男の人はゲルの外すべてを使えるが、女の私はやはりあのトイレに行くしかあるまい。夜あそこにひとりで行くことを考えるとかなりのプレッシャーだ。深い深い穴であった。もし落ちたりしたらどうしよう。

私は宴会の席をそっと脱け出した。トイレへ行きたい。しかし懐中電灯もないのにあんなおっかないところはまっぴらだ。夜の闇にまぎれてどこかそのへんでと思ったのであるが、外に出て驚いた。夜は全く私に味方してくれないのだ。空気が澄んでいるため、月と星がやたら明るい。夜の十一時だというのに、夕暮れのような光景なのだ。ここも例外なく木も繁みもない。全くこれほど困惑したことはなかった。

ベッドに横になったが、トイレのことを案ずるのと寒さとでなかなか寝つかれない。こんな水がないところでどうやってと思うほど、寝具は清潔なのであるが、上にかけるものは毛布一枚だけなのだ。

やがてドアが開き、モンゴル人の男の子が入ってきた。ストーブに薪をくべてくれるためだ。一時間おきぐらいに見まわりに来てくれるらしい。

もちろん彼が私などに何の興味も持つはずはないだろうが、女ひとりで寝ている身としては多少緊張が走る。体を固くし、背を向けて寝たふりをしている私。

どのくらい時間がたったであろうか。三回めの見まわりに来た男の子の、出ていく気配がないのだ。薄目を開けて様子を窺うと、何と彼は私のベッドの傍に立っているではないか。おまけに私の毛布に手をさし入れようとしている。

ちょっとオーどうしたらいいのオ。

私たちの目が合った。そのとたん彼はにっこりと笑った。毛布の下ごと持ち上げて何か言っている。やっとわかった。私は毛布一枚だと思って寝ていたのであるが、実はかけ布団を敷いていたのだ。彼は毛布をめくって、ちゃんとかけ布団をかけろと親切に忠告してくれているのだ。

「サンキュー、サンキュー」

私はさっそく毛布とかけ布団の下に体をもぐり込ませた。暖かさがまるで違う。ちらっとでも疑ってごめんね。そうだよねえ、そんなことあるはずないもんねえ、とひとりごちている間に寝入ってしまった。

次の日は快晴。みなが朝ご飯を食べている隙に例のトイレへ走った。男の人たちはご飯もそこそこに乗馬を始めたが、私はあたりを散歩する。日本を発つ前、

「君が乗ったら動物虐待になるからね」

と夫から戒められていたからである。

さて夕方までにウランバートルに到着しようと、午前十一時にはゲルホテルを出た。

食事をするところなどないので、お弁当をつくってもらった。途中、大きな川が見えたのでそこに車を停め、お弁当を拡げた。馬に乗った遊牧民のおじさんが二人、もの珍し気に寄ってくる。

「おじさんも、一緒に食べませんか」

日本語で誘ったらちゃんと輪の中に入って座った。遊牧民の人はとても人懐《なつ》っこくていい感じ。

私はここでどうしてもトイレに行かなくてはと意を決した。木も繁みもない。が、ここにはいいものがあるのだ。水を飲みに来た牛の群れである。私は彼らを目隠しにすることにした。

寝そべっている彼らと向かい合う格好になる。やがて私に刺激されたのか、彼らもどぼどぼと放尿を始めた。見つめ合ったまま同じことをした。その音を聞きながら、ああモンゴルに来ているんだとしみじみ思った私であった。

小さな親切

ちょっとした親切をしたばかりに、大恥をかいた、というケースが私の場合実に多い。

つい先日のこと。五月晴れの午後であった。表参道で信号待ちをしていたら、修学旅行のバスが私の前で止まった。小学生がいっぱい乗っている。そのうちのひとりが、遠慮気味に、信号で待っている人たちに向かって、手を振り始めた。が、まわりの大人たちは誰も応えようとしない。私はちょっと可哀相になり、片手を上げて小さく振った。その子は嬉しがってさらに調子にのり、大きく手を振る。仕方なく私も大きく手を振る。するとまわりの子どもたちも彼の真似をし始めた。いつのまにか一台のバスの子どもたちが、いっせいに私に向けて手を振り始めたではないか。

私は苦笑しながらも挨拶を返す。途中からかなりオーバーアクションになったかもしれない。

やがて信号は変わり、バスは去っていく。後に私が残された。気がつくと、道路の向こう側の人たちが、皆私を見て笑っている。

さぞかし馬鹿な動きをしていたのであろう。しばらくはまっすぐ歩けないほど恥ずかしかった。

これは何カ月も前のことになる。昼間の山手線は空いていて、席の数と座れる人との数がほぼぴったり、というよい加減であった。こういう時ほど、人は席を譲りたくないし、また譲りづらいものである。

やがてドアが開き、七十歳ぐらいのお爺さんが乗り込んできた。失礼ながらホームレスの一歩手前、といった風体だと思ってくだされぱいい。

このお爺さんはわざとらしく通路の真中でよろめくふりをしたりする。けれども誰も席を立とうとしない。私はちょっと目立ってイヤだなあ、と思ったけれども席を譲ることにした。

「ありがとう。ありがとう」

ところが、そのお爺さんときたら、席に座るやいなや、大きな声で演説を始めるのだ。かなり酔っているらしい。

「みなさん、今どきの若い人は誰も席なんか譲りゃしませんよ。今みたいな人はまれですからね」

昼間の山手線はしんとして、お爺さんの声は響く。近くに吊り革を持ってひとりだけ立っている私は、どう見てもさらし者である。

「こんなに親切なお嬢さんはめったにいません。いやあ、お嬢さん、ありがとう」

〝お嬢さん〟という言葉に反応して、席に座っている人たちはぷっと吹き出した。私は恥ずかしい、というよりも怒りでかっと顔が熱くなる。席を譲っただけで、私はどうしてこのような仕打ちを受けなくてはいけないのだろうか。

しかもこの爺さんは、たった一駅で降りていったのだ。私は元の座席に座るわけにもいかず、こそこそと別の車輛に移った。

「くっ、くっ、あの爺さん、人の親切を仇で返して……」

今思い出しても、情けなく口惜しい。

ところで、生来ソコツ者の私は、よく他人さまからご注意を受ける。

「クリーニングの札が、裾から見えてますすよ」

「コートの紐をひきずってますよ」

もちろん、ありがとうございます、とお礼を言うけれど、あんまりいい気はしない。このあたりが人間の心の複雑なところである。

夫が浮気すると、たいていの妻は、夫を責める前に、相手の女の方を憎む。その女が悪いのだと決めつける。それとちょっと似ているかもしれない。

そういうだらしないことをしている自分に非があるのに、人前で注意された恥ずかしさゆえに、何とはなしにその人のことを小憎らしく感じてしまうのだ。

この頃私はめったに着物を着ないが、和服の時のおせっかいおばさんの数たるやすごい。トイレへ行き、手を洗った後に帯のはねを直そうとすると、その前に必ずどこから

か手が伸びてきて、

「帯がハネてますよ」

と勝ち誇ったような声が聞こえてくる。着物について注意するおばさんの声は、他の時よりも二倍ぐらい大きい。私は体験上、はっきり証言出来る。このおせっかいおばさんのせいで、着物を着るのがイヤになったという若い人がいるぐらいだ。

これは一カ月前のこと。私鉄の電車を待っていたら、向こうから六十歳ぐらいの女性が歩いてきた。

ピンクのワンピースに、花のついた帽子という派手な格好でかなり目立った。お化粧もかなり濃い。

この女性は私の向かい側の席に座ったので、よく観察出来た。

水商売の人には見えないなあ、金持ちの奥さんで、時々こういうとんでもない格好をする人がいるけどなあ……。

二つめの駅に着いた。小さな駅だから降りる人はまばらだ。その女性も私も降りるために立ち上がる。彼女がドアに向かうため、私に背を向けた。その瞬間私は息を呑んだ。ジッパーが開いているのだ。それも四分の一とか半分とかいう生やさしいものではない。お尻の真中ぐらいまで服がぱっくりと裂けている。

いくらピンクを着ていても、やはりお年ということか。晩春の頃だったので、ベージュの厚ぼったいシャツとパンツをお召しなのだが、それが丸見えなのである。

私は先に歩きながら考える。注意すべきかどうか。このまま知らん顔をしたら、この方はパンツを皆に見せることになる。注意をするとしたら、よほど恨みを買わないようにしなければならない。これほどの失態を、同性に指摘されたら、かなり滅入ってしまうだろう。さりげなく寄っていって、「失礼」と一言だけ言い、ファスナーを上げてあげるのがいちばんいいかもしれない。

私はゆっくりと階段を上がるふりをして、彼女を待った。もう人も少なくなったこの場所なら、私の親切も素直に受けとめてもらえるだろう。その時、階段の下から、男性の大きな声。

「おばさん、ファスナー開いてるよ、全開だよ」

「あ〜まあ、どうも」

ちょっと照れた明るい声。

そうか、何もこれほど気を遣うことはないのかと、かなり拍子抜けしてしまった私である。世の中ってもっとシンプルに出来ているのね。

モンゴル熱

　モンゴルから帰って三週間たつというのに、あちらでひいてしまった風邪がまだ抜けない。夜になると激しく咳込んでしまう日が続いた。それと同じように、私の中のモンゴル熱も衰えることがない。

　このところモンゴル関係の行事が多い。

　私たちが帰国した次の日、モンゴルの大統領が日本にいらっしゃった。ムーヴバッドさんから、

「皆さんの招待状を用意しましたから、ぜひパーティーに」

　というお誘いを受けた。ムーヴバッドさんというのは、向こうですっかり仲よくなったモンゴルのビジネスマンである。日本に留学していたから日本語ペラペラだ。まだ三十六歳だというのに、モンゴルを代表する企業の会社の副社長格である。モンゴルに行ってわかったことであるが、あちらのエリートというのは、大統領からして四十代だ。三十代の経営者というのもゴロゴロしているらしい。

モンゴルに滞在中は、オペラ劇場の人たち、国立歌舞団をはじめ、いろんな人にお世話になったが、その中から何人かが大統領専用機で一緒に来るらしい。ムーヴバッドさんも社長と共に乗ってくるという。何だかアットホームな国賓ツアーである。そんなわけで、モンゴルへ行った五人でパーティーへ出かけることにした。

普通、大統領歓迎レセプションというと肩肘張った大仰なものである。私はもちろん行ったこともないが、日英協会主催のパーティーなどというのは、それはそれはお上品なものらしい。それに比べて日蒙友好協会とか、日蒙親善協会というのは名前からして暖かい感じがする。

ホテルでのパーティーは、大規模なものだったが、リラックスした楽しい会であった。会場は普通のおじさんやおばさんが多かった。オユンナや旭鷲山といった、モンゴル出身の有名人もみんな顔を見せている。

私は何人かの懐かしい顔を見つけ、傍にいた旭鷲山に平気で通訳を頼んだ。が少しも嫌な顔をしないいい青年だった。

そしてそのパーティーの帰り、皆で西麻布のスナックで二次会をした。ムーヴバッドさんと社長、モンゴル政府の官房長官などをお誘いしたのである。皆でウイスキーを飲み、焼鳥と焼きうどんを食べ、おおいに盛り上がった。

「どうせなら、日本にいる間に『金魚』を見せてあげようよ。あれは外国人だったら誰でも喜ぶから」

という三枝成彰さんの提案で、三日後六本木のショーパブに集合した。モンゴル側はなんと八人もやってきた。ハイテクを駆使した舞台にみんな大喜びだ。

ムーヴバッドさんが後でこっそり打ち明けるには、政府のえらい人が、

「大統領をひとりにするわけにはいかないから、僕ひとりで行ってくる。皆はホテルで待機しているように」

と言ったらしい。これにはみんなが大ブーイングで、行きたい、行きたい、と抗議したそうだ。が、あまりにも大人数になってしまい、ムーヴバッドさんが八人を選んだという。テレビ局や新聞社の社長、元文部大臣という肩書きだが誰もが若い。のりがとてもよいことにも驚いた。舞台に向かって盛大に拍手をするのはモンゴルの人の特徴なのだろうか。

そしておとといは「写真交換会」と称して、モンゴルへ行った五人でまた集まることになった。場所は先週オープンしたばかりの、「白い馬」というモンゴル居酒屋である。ここは旭鷲山ら三人のモンゴル出身のお相撲さんが経営している店だ。ホーズという肉まんじゅうや、馬刺、モンゴルうどんといったものが売り物である。馬頭琴の演奏も楽しい。

約束の時間に遅れて店に入っていったら、羽田孜さんが皆に混じってモンゴル焼酎を飲んでいらした。三枝さんと仲よしの羽田さんは、何かの用事でいらしたらしい。そして一時間たって三枝さんが登場した。三枝さんは早くも、冬のモンゴルオペラツアーを

計画しているという。私たちは三枝さんのことを「委員長」と呼んで慕っているのであるが、いつでも楽しいこと、面白いことを思いついては皆をひっぱっていってくれる人だ。

旅行ばかりではない。実はこれは私たちの夢であるのだが、モンゴルにハマってしまった何人かで、バーを出そうという考えがある。店の名前は三枝さんが既に、

「ウランバートル」

と決めている。あちらで私たちの通訳をしてくれたモンゴル美女、アタラちゃんがママとして来てくれるそうだ。

「○○にタダで設計してもらおうよ」

○○というのは、仲間うちの建築家である。これも三枝さんの情報であるが、今なら不動産もぐっと値段が下がり、そう多くない出資額で店が出せるという。

そんな話をしていたら、羽田さんが途中でお帰りになった。後で勘定を済ませようとしてびっくりした。先に帰った羽田さんは、レジに一万円置いてくださっていたのだ。勘定は一万五千円足らずであったので、私たちは千円の割カンで済んだのである。

前から思っていたけれど、羽田さんて何ていい人なんだろう。政治家なんて、人に金を出させてあたり前、という人ばかりだという。居酒屋で帰る際、さりげなくお金を置いていってくれるなんて……。こんな人を上司に持ちたい。

その夜、私は大量の写真を持ち帰ってつくづく眺めた。大男で童顔の、国立サーカス

団の団長さんがいる。一緒にご飯を食べた遊牧民のおじさんも写っている。そういえばモンゴルに行ってから、いい人ばかりと会うなあとつくづく思うのである。もしかしたら、あちらの空気で、私の心がちょっぴり綺麗になっているのかしらん。

毎晩出歩いているので、風邪はまるっきり治らない。

小雨の日々

二子山部屋と親しい人から、

「招待の枠がもうひとり分あるから」

と、横綱の奉納土俵入りに誘われた。場所の明治神宮は、うちから歩いて七分という近さである。一も二もなく飛びついた。

ロープで張った招待席で見せてくれるのかな、などという軽い気持ちで行ったのだがとんでもない。胸に花を飾った招待客は神官のお祓《はら》いを受け、神殿での推挙式にも立ち会うのである。

宮司が神に長い祈りを捧げた後、横綱のしめ縄が三方に置かれて運ばれてくる。神官の浅黄色の袴と白い装束とが小雨の中に浮かび上がり、それはそれは美しい光景であった。

ああ、お相撲というのは確かに神に捧げるものなのだなあと、私のようなものまで厳粛な気持ちになる。

時津風理事長をはじめとする相撲協会の役員たちが、紋付袴に威儀を正して向こう側に座っていらした。そのカッコよさといったらない。普段はそんな気持ちになったことはないのだが、内館牧子さん言うところの「大男の美」というものを初めて理解したような気がする。

横綱の推挙状をおしいただく若乃花の背中のたっぷりと締まった線、艶々とした鬢《びん》の色も本当に綺麗だった。

晴れていたらそれはそれでよかったかもしれないが、こうした神の前での儀式に静かな雨はとてもよく似合う。外界との間に薄いヴェールをつくり、音を遮断する。色のひとつひとつが鮮やかに目に入ってくるのである。

次の日、私は秋田新幹線「こまち」の中にいた。外はやはり雨が降っている。「こまち」に乗ったのはこれが初めてだ。秋田で行われる「日本デザイン会議」のシンポジウムに、パネラーとしてお声をかけていただいたのだ。

いつも秋田は飛行機で行くのであるが、その日は「こまち」にした。一緒に行く内館さんが、ぜひそれにしようと言ったのだ。外の景色が素晴らしいという。同じ車輛には、やはり「デザイン会議」に出る顔見知りが何人も乗っている。秋元康さんが私たちにお弁当を二個くださった。

それを食べながら、私は内館さんに昨日の推挙式に出た自慢をする。

「土俵入りだってね、すぐ真横で見られたんだよ。若乃花の不知火《しらぬい》型、すごく立派だっったよ」

「そりゃ、いい経験したわよねー」

大の相撲ファンの内館さんは、いろいろ解説を加えてくれる。

「あの不知火型は珍しいものなのよ。派手さはないけれどいい型でしょう。若乃花にぴったりよね」

その合間に内館さんは、小さな歓声をあげる。

「ねえ、なんて綺麗な風景なんだろう」

角館《かくのだて》を過ぎた頃から、田んぼはいっそう増え、雨の中でけぶっている。時々見える白い小さな花は、

「山法師《やまぼうし》っていうのよ。可愛い花よねえ」

内館さんは花にも詳しい。

「こまち」で秋田まで四時間半、長過ぎるのではないかと案じていたのであるが、居眠りをしたり、本を読んだり、その合間にお喋りしたりと、秋田で降りるのが惜しいぐらいであった。

さて「日本デザイン会議」は、年に一度行われる、建築家、アーティスト、学者、作家たちのお祭りである。四日間街をあげていろんな行事があり、幾つかのシンポジウムやコンサートが行われるのだ。

私はにぎやかな人づき合いが苦手で、大勢の人が集まって何かするというのがあまり

好みに合わない。従っていつもこの「デザイン会議」をお断わりしていたのであるが、今年は三枝成彰さんが議長をつとめている。

「秋田出身の内館さんも来てくれることになったから、ハヤシさんもよろしくね」

三枝さんにノーと言うことなんか出来ない私であるが、あの申し出だけはやはりきっぱりと断わった。

この「デザイン会議」は、三枝さんの好みで「世紀末のエロス」という面白いテーマが掲げられている。シンポジウムのひとつに、団鬼六先生、緊縛の専門家などを呼んだものを用意していたのであるが、その縛られるモデルが急きょ都合が悪くなったというのだ。

「ちょっとさ、ハヤシさんやってくれないかなあ。太ももまででいいからさあー」

この依頼を何と別々に四人の人から受けた。みんな探しまわっていたらしい。

「団鬼六先生の文章を読んだことあるけど、縛りに向いている女の人って、色白、むっちりとした体、ノーブルな顔立ちですって……。あら、私しかいないわねぇ」

私が冗談を言えば、秋元康さんたちが、

「そうだよ、ハヤシさん、縛られるなんてめったにない体験だよ。いいじゃん、面白いよ」

「やっぱり縛りはハヤシさんしかいないよ」

とやたらけしかける。めったにない体験、といっても、横綱の土俵入りを見るのとは違うのだ。もし写真など撮られたら、私の立場がない。

「私の場合、縛られると肉がはみ出してボンレスハムになるから」

と、丁重にお断わりした。

ところでその日私の役割は、二つのシンポジウムに出ることであった。ひとつめは秋元さんや内館さんたちとのシンポジウムで、もうひとつは若い学者たちとセッションするものであった。「楽園と果実」と名づけられたそのシンポジウムは、極めてアカデミックなもので、人間と性とのかかわり、性の表現について語ろうというものだ。

京大助教授で建築家の竹山聖さんが選んだ二人の女性は、どちらも気鋭の学者さんで、最近話題の本を出している。あらかじめ彼女たちの本を何冊か読んでいったのであるが、やはり学者の方は、私なんかと頭の出来が違う。言葉の使い方が理論的で巧緻で、私は傍でうなってしまった。

もう少し人づき合いをちゃんとして、こういう頭脳を持つ人にもまれなくてはいけないだろうなあ。今日も、〝縛り〟というとすぐ声をかけられる自分のイメージが哀しいわ……。少しは人間、向上しないとね。

あれこれ思いつつ窓を眺めると、雨はすっかりやんでいた。今週も忙しかったなあ……。

人生観

週に一度、東洋医学の治療に通い始めた。治療院の場所は築地にある。銀座に隣するここ築地は、食のワンダーランドといってもよい。食いしん坊の私にとって、それこそ胸躍る場所なのである。

シロウトだから市場には入れないが、場外市場というテがある。ここでマグロの大きな切身を買い、ヅケ丼にしてたらふく食べた。

市場から少し離れたところには、有名なダシの専門店があり、それはそれは見事な昆布が並んでいる。料亭の人が買いにくるということで、カツオ節は大袋売りだ。試しに買っていって、うんと丁寧なダシをとったら、我ながらうなるようなお吸い物が出来上がった。

先日は前から気になっていたお豆腐屋さんで、おぼろ豆腐とガンモドキを買った。ガンモドキは茄子と煮《た》き、お豆腐の方はショウガとおカカでさっぱりといただいたが、そのおいしいことといったらない。友人にも頼まれたので、今度行く時少し多めに買うことにしよう。

さて築地というところは食材だけではない。おいしいお店がどっさりある。しかもどこも安いのだ。

フランス料理店や割烹カウンターのランチを片っぱしから試したこともある。アンパン専門店、天むす専門店というのもある街だ。中でも特筆すべきことは、立飲みコーヒーとお握りが充実していることであろう。

治療院の先生がおっしゃるには、このあたりは大企業が多く、お握りは昼食として人気がある。だからどの店もしのぎを削っているらしい。

「ここはおそらく、日本でいちばんのお握り激戦区でしょう」

と先生。古いつくりの米屋さんの一角がお握りショップになっていて、湯気でラップがくもったのを売っている。そうかと思えば、ラーメン屋さんが店の前に屋台を置いてお握りを並べているのだ。

一度アンパンとお握りを買い、近くの出版社に行く時にお土産替わりにしたら大層喜ばれた。

こうして築地に行くようになってから、私はますます料理が好きになっていくのである。忙しさのあまり店屋ものをとったり、パートの家政婦さんにお願いすることもあるが、基本的には毎日私がつくっている。

時間の無い時は、てっとり早く炒め物や揚げ物にし、

「カロリーが多過ぎる」

と夫に小言を言われる私であるが、時間がある時はわりと凝る。

私は最近はっきりとわかったのであるが、世の中の女性は、

①料理好きの掃除嫌いか

②掃除好きの料理嫌いか

にはっきり二分出来る。昔はナンセンスだと思っていた分類の仕方であるが、この頃これほどはっきりした真実はないような気がする。私のまわりを見わたしてみても、すべてどちらかにあてはまるから面白い。

ごくまれに、

「私は掃除も好きだけど、料理も大好き」

という人がいるが、この場合どちらもいまイチということが多い。どうやら掃除の整理能力と、料理のクリエイティブ能力とは相容れないものらしい。

家中ぴかぴかに飾りたてた家で出された食事が、あまりにも粗末で味つけもよくなかったという例がある。

もっともあちらの方にしてみれば、

「あんな汚ないとこで食事して、よく気持ち悪くないわね。いくらおいしい、って言ったってまっぴらだわ」

と私のことを思っているに違いない。

私などはテーブルの上を片づけるよりも、絹さやの筋をとる、というようなことを何年もしてきた。

「ホコリで死なない」

というのは全国のだらしない人たちが、必ず言いわけに使う言葉であるが、やはりこれは正しい。私はすべてに優先させて食事のことを考えるので、片づけはつい後まわしになってしまうのだ。

少しは散らかっていても、おいしいものを食べられたら、それがいちばん幸せと思えるかどうかは、その人の人生観にかかっている。

ところで私は三日前、ある男友だちとデイトをしていた。出かけたところは新しく出来た和食屋さんである。

彼は出される料理を次々においしそうに食べた後、こんな愚痴をぽろりとこぼした。

「今日誘ってくれてありがとう。月曜日は必ず外で食べてきてって、うちの奴に言われてるんだ」

お稽古ごとに行っているらしい。ちなみに彼の奥さんは、ひとまわりどころか二十歳以上年下である。会社のアルバイトに来ていた女子大生を、バツイチの彼が見初めたのだ。

「おたくの奥さん、料理大丈夫なの」

私はつい気になって尋ねてみた。

「まるっきり苦手。いつもめんどうくさい、疲れる、って言ってる。まあ、週末ぐらいはちょっとしたもんをつくってくれるけど」

「ちなみに昨夜の日曜日の夕飯、おたくでは何を食べたの」

「スパゲティ」

彼は恥ずかしそうに答えた。

「えー、それ昼ご飯じゃないの。夕食ならスパゲティの他にも、イタリアン風のものがいろいろ出たんじゃない」

「いや、スパゲティだけだ……」

「ちょっとォ、おたくの奥さん、専業主婦でしょう」

女というのはこういう時つい張り切って声が高くなってしまう。

「ちなみに昨夜のうちのメニューは、ひとロカツ、カボチャの煮たの、そら豆、新じゃがのおみおつけ、アスパラガスのおひたしよ」

「いいなあ……」

「でもね、あなたは若い女が好きだから仕方ないのよ」

きっぱり言ってやった。若いキレイな女と暮らし、毎晩ひどいものを食べさせられる日常、それに耐えるか、同い齢のオバさんと暮らし、うまいご飯を食べるのとどちらを選ぶか。これも人生観の違いというものであろう。

魚の名前

向田邦子さんの短篇に「花の名前」というのがある。新婚間もない頃、夫は花の名前がほとんどわからなかった。妻は少々得意がっていろいろ教えてやる。けれども中年になり、夫婦の心は離れかけていく。夫はたくましくさまざまなものを知り、身につけ、もう妻に教えを乞うようなことはなくなっている、といったような内容だったと思う。

私もこの小説の中の夫と同じで、花の名前をきちんと言うことができない。花屋さんに行っても、

「この白いの」

「このピンクのバラみたいなやつ」

と指さしてことを済ませる。女として本当に情けない。私はもともと記憶力というものが欠如していて、たいていのものはたれ流し状態である。知識や記憶が脳にとどまってくれないのだ。

花以外にも、魚が全く駄目だ。食べ物について、いろいろきいた風な口をきくせに、魚の区別がまるっきりつかないというていたらくなのだ。カウンターの前に座って、ちょっと何か言おうものならたちまち恥をかく。

「おいしいヒラメですね」

「いいえ、これはスズキです」

などというのはまだ許される範囲であろう。つい先日は、これは珍しい鮭で、などと講釈を垂れていたら、板前さんにやんわりと言われた。

「これは鱒《ます》なんですけどね」

ああ、恥ずかしい。

ワインの名前も全く憶えられないし、魚も駄目。食通と呼ばれる人は、皆さんものすごい知識をお持ちだ。ひと口食べると、

「ああ、これは徳島の鮎だね。もう吉野川から獲れますか」

なんて言ってる。本当にすごい。

私は魚の方も気になるが、女として花の方面に詳しくなりたいと切実に思うようになった。幸いうちには毎月「花時間」という雑誌が届けられる。

それはそれは美しいフラワーアレンジメントの専門誌である。それを見ていたら、私もお花を習いたくなってきた。

折も折、バー「ラジオ」の尾崎さんが、生花を教えてくれるというニュースが伝わっ

てきた。「ラジオ」というのは、東京一の名店とされる。カクテルの味はもちろん、グラスや調度品すべてに神経がいきとどいている。客もマナーが大切で、大きな声で喋ると、たちまち尾崎さんに注意される。二十代の頃、私は緊張のあまり貧血を起こし、スツールごと倒れたことがあるぐらいだ。

それはともかく「ラジオ」はいつ行ってもお花が素晴らしい。尾崎さんがアレンジメントしているのであるが、ライトの下、どっさり盛られた花は圧巻である。

その尾崎さんが知り合いのサロンで教えてくれるというのでさっそく申し込んだ。前期で三回あるという。

当日はエプロン、花瓶、ノート、カメラ、花鋏を持ってきてくださいとあらかじめ通知が来た。私はこういう時、不安でたまらなくなる。五歳の幼稚園児の頃から、私は通知どおりの品物をきちんと持って行ったことがない。必ずといっていいほど何かを忘れる。

前の晩はすべての品物を揃え、紙袋に入れるという私としては珍しいことをした。地下鉄で向かいながら、私は次第にうきうきした気分になってくる。

「やれば私だってちゃんと出来るじゃん。そうよねえ、お稽古ごとのいいことは、こういうきちんとしたことをしているうちに、きちんとした人間になれるっていうことよねえ」

ところがいざ、お稽古場のサロンに着いて私は青ざめた。詰めが甘かったのである。

いい加減に持ってきたサロンエプロンは、私の胴まわりにはきつくて、どう頑張っても後ろのボタンを止めることが出来ない。

「どうして一回ぐらい着て試さなかったんだろう」

唇を噛んでももう遅い。おまけに箱ごと持ってきた花鋏はひどくさびているのだ。私はそれを握り、背中がぱかんぱかんと開くエプロンを着た。こんな私にお花を習う資格なんかないとつくづく思った。だらしなさを絵に描いたみたい。

尾崎さんが黒板にアレンジメントの図を描き、それを見ながら十数人の生徒は花を生け始める。たいていの人が、池坊とか他のフラワーアレンジメントを習っていたようだ。手つきがまるで私と違う。私ときたら、花鋏を手にするのも初めてぐらいである。ぎこちない手つきで、パチンパチンと茎を切っていく。そして長さを加減しながら剣山《けんざん》にさしていった。

こういう時、私は一生懸命になる。他のことは何も考えられない。記憶力はないが、集中力はあるのではないかと思う。口もきかず四時間、二種類の花を生けた。終わった時には疲れのあまり、口がきけなくなってしまった。

サロンが終わった後、ケーキと紅茶が出た。みなで楽しくお喋りしましょうという趣向らしい。が、私は精も根もつき果てていた。ケーキをものも言わずガツガツと食べ、そのまま帰ってきた。

結局、三回の講習のうち、私は二回だけ通い、何とか花鋏の持ち方ぐらい出来るようになった。水揚げというのもどういうことかやっとわかった。

人間、無知から前進するというのは、なんと素晴らしいことであろうか。あれ以来、私は花屋さんに行くと、種類がわかる花がぐっと増えた。

そして私は、次に割烹を習いたいなあと考えるようになった。魚を自分でさばけるようになりたいと思うようになった。そうすれば魚の世界はぐっと拡がるに違いない。魚の名前を知って何がエラいか、と言われそうであるがやっぱりエラい。自分が今、いったい何を食べているか全くわからない人よりもずっとエラい。

つい昨夜、イタリアンレストランで凝った前菜が出た。野菜を巻いてそれにとろりとしたソースがかかっている。

「おいしいアナゴですね」

「いいえウナギです」

こんな会話に別れを告げたいのだ。

北の旅

久しぶりの札幌である。

前日までは雨だったということであるが、私が着いた日はからりと晴れていた。六月の北海道は、空気が澄んでいて、梅雨の東京から来ると生き返ったような気分になる。

こちらでやっている文学賞の選考会のために年に一度訪れるのであるが、今年は日にちがいつもの八月から繰り上がって六月ということになった。主催者側の方に言わせると、

「北海道のいちばんいい時を見ていただこうと思って」

ということだ。

今年から選考委員のひとりに髙樹のぶ子さんが加わった。髙樹さんとはご縁がいろいろあって、あと二つ別の文学賞の選考委員も一緒なのだ。

髙樹さんは女心を深くえぐった端正な小説を書く作家で、おまけに我々の業界屈指の美人だ。しかしご本人はさっぱりとしたどちらかというと男っぽい方である。昔から大

好きな先輩だ。

選考会の後の会食の最中、髙樹さんはずばり渡辺淳一先生にこんな質問をした。

「今、話題のバイアグラについてどう思いますか」

男性の不能をたちどころに治すというあれである。このあいだ別の食事会で、この錠剤の話になったところ、アメリカにしょっちゅう行く人が、

「僕は七錠持っている」

と言ったものだから大騒ぎになった。同席していた男性たちが、ぜひ分けてくれと真剣な顔で詰め寄ったのである。

渡辺先生はそういった下品な反応はせず、あくまでも医師の見地からいろいろ解説をなさった。髙樹さんはかなり深刻なおももちで言う。

「我々恋愛小説を書く作家は、男と女の仲がどうやったらそういう風に持っていけるのか、苦心して筆を進めてきたわけでしょう。それがたった一錠の薬でひっくり返るわけですよね。これは文学を変えるぐらい大きな出来事ですよね」

なるほどそういう考え方もあるのだなあと、私はすっかり感心してしまった。

さて次の日は夕方から、渡辺淳一文学館のオープニングパーティーが行われた。渡辺先生出身の札幌に、個人の文学館が出来たのである。こういうのが出来るのは、たいてい作家が亡くなって何年かしてからという場合が多く、現役で活躍中の作家の文学館というのは非常に珍しいのではなかろうか。

東京から出版社の人たちが大挙して押し寄せてきた。料亭の女将さんたちや銀座のママたちも出席して、会場はそれは華やかな雰囲気である。

パーティーが終わり、いろんな出版社の人たち、髙樹さん、司会をした阿川佐和子さんたちとお鮨屋さんに出かけた。座敷でツーピース姿の髙樹さんは、

「ここ、暑いわね」

と言い、するりと上着を脱いだ。胸と肩があらわになり、男性編集者たちは〝おお〟と、いっせいにどよめいた。こんな反応があるのは、髙樹さんぐらいであろう。

冷たい生ビールで乾杯し、おいしいお刺身を頬張っているうち、話題はいつのまにか昨夜のバイアグラのこととなった。

が、そこにいた編集者たちは三十代、四十代だったのであまり実感としてないようである。

「闇で五万円するなら、同じお金で別の女の人に使う。そうしたら絶対に大丈夫だと思う」

などという情けない意見も出た。

次の日は、千歳空港から仙台へ。講演をひとつした後、列車で盛岡へ行く。推理作家協会の人たちが主催する「みちのく映画祭」に、ゲストとして出るためである。

地元に住む作家、高橋克彦さんと「ホラー小説大賞」の選考会場で、年に一度会う機会がある。その時、高橋さんから盛岡にある店のことを聞いた。その店ではすべての餅

のフルコースを出してくれるという。お雑煮から、ずんだ餅、納豆餅……。

お餅が大好物な私は、行きたくてたまらない。そんな私を見て高橋さんが、

「いいなあ……」

「じゃ、盛岡へ来たら。どうせなら『みちのく映画祭』へおいでよ」

と誘ってくださったのだ。

ゲストといっても、推理作家協会員でもない私は本当にお客さんなので、これといってすることもない。映画館で上映前、挨拶をひとつするだけだ。

他の人たち、たとえば京極夏彦さんは講演をなさったが、盛岡にも熱狂的ファンは多く、なんと朝の五時半から並んでいたという。場内も異様な熱気に包まれていたそうだ。

さて映画館へ行く前に、スタッフや編集者の人たちと一緒にお餅のフルコースをいただく。実はおめあてのお餅の店は、盛岡からとても離れた所にあり、往復に何時間もかかるそうだ。それで高橋さんがいろいろお骨折りくださり、市内の有名なソバ店に出張してもらうことになったという。

店に着くと、赤い頭巾、赤いちゃんちゃんこを着た、おじさん、おばさんたちが庭に立っていた。これから杵を搗《つ》く〝餅つき隊〟だそうだ。

やがておソバ会席が始まり、皆で冷酒などを飲んでいると、お餅が運ばれてきた。六つのお椀に盛られたお餅だ。

ワサビ餅、ずんだ餅、納豆餅にからみ餅、あとの二つはわからない。とにかくすごい

量だ。盛ソバも運ばれてきて、どっちを先に食べていいのかわからない。

やがて、さっきの餅つき隊のメンバーがやってきた。こういう〝餅ぶるまい〟の場合、歌と踊りを見せるのがならわしだそうだ。

五十五、六のおばさんが歌って踊る。「サンタルチア」をもじった春歌である。岩手は艶笑譚の宝庫でもあった。

「うちの父ちゃん、ナンタルチアー」

などと踊っているのを見ながら、この人たちは一生バイアグラなど必要ないに違いないと私は確信を持ったのである。

この人のかたち

生きていてよかった、としみじみ思った。

昨夜ある人との食事の場所へ行ったところ、美男の人気俳優さんを連れていらしたのだ。彼は知性派ということでも知られる人だったので、話もとても面白く、彼が最近行ったばかりの海外のエピソードで盛り上がった。

その方が食事の終わり頃、

「今度、食事にお誘いしてもよろしいですか」

と言ってくれたのである！　私が名刺を渡すと、

「ケイタイの番号、教えてください」

だって……。私はケイタイを持っていることは持っているが、あの呼び出し音が嫌いで自分がかける時以外は電源を切っている。でもこの人のためならば、二十四時間つけっぱなしにしておこうと心に誓ったのである。

しかし肝心の私の番号がわからない。「Fの6を押すとディスプレイされる」という言葉を思い出し、必死で押し続けたり、どこかにメモしておいた番号を見つけ出そうと手帳をめくった。

そしてやっと出てきた長い数字。これがもしかすると、私のドラマの始まりになるかもしれないのだ。

帰りのタクシーに乗っても、私はしばらくぼうーっとしてしまった。傍にいた友人に、

「ちょっとしっかりしなさいよォ」

と肩を揺すられたぐらいだ。

が、私はもう夢の中にいる。あのハンサムな男の人と二人、キャンドルのともるテーブルで向かい合っている姿しか思い浮かばないのである。

それにしても美しい男の人というのは、どうしてこれほどの幸福を人に与えてくれるのであろうか……。

さて話は全く変わるようであるが、つい先日、三浦和義さんが突然釈放された。私たちの年代の人だったら、驚きより先に、まず感慨無量というものが来るのではなかろうか。

「もうあれから十三年もたつのか……」

ところが昨夜一緒だった若い女のコは、

「どうしてみんながあんなに騒ぐのかわからない」

と言ったものだ。

「私、ミウラカズヨシっていえば、サッカーのカズのことだと思ってた。あんなおじさんがいたなんてびっくりしちゃった」

私たちは、そうか、もうそういう時代なのか、という思いを強くしたのである。が、みんな口々につい解説してしまう。

「あのね、ただの事件じゃなかったのよ」

「そう、ヘタなサスペンスドラマよりもっとすごいことが、毎週起こって、あの頃は興奮したよなあ……」

「舞台はすべて原宿、青山、広尾、それからロサンゼルス。バブルの時代を先取りするような事件だったっけ」

それに加えて、登場する男女がすべてといっていいくらい、美男美女だったことが人々の心をかきたてたものだ。

殺された一美さんも美人だったし、再婚したモデル上がりの良枝さんというのも背が高く綺麗な人だった。ちょっときつい感じの女性で、強い言葉を取材人に浴びせたりしたが、

「そこがまたいい」

とかなりファンがいたものだ。

そして人々が美女に見惚れているうちに、ぞっとするようなことが起こった。

亡くなった一美さんには双児の姉妹がいて、彼女が三浦氏を糾弾するために突然現れ

たのである。一美さんとウリ二つの容姿を持つ彼女が、空港に降りたった時、私は話の展開の凄さに寒気をおぼえたものである。元外国エアラインのスチュワーデスをしていたという彼女は、すらりとして本当に美しい女性だった。その彼女が、

「三浦は殺人者に違いない」

などと言ったのだ。あの怖さといったらなかった。

あれがそこらのオバさんだったら、日本中があれほど慄然としただろうか。美というのはホラーにはなくてならないものだとつくづく感じた最初だ。

一方、三浦さんが美男かということについて、いろいろな意見があるかもしれないが、今日びのワイドショーをにぎわせている人々、特に男性と比べて欲しい。三浦さんは長身でスマート、着ているものもとてもファッショナブルであった。

彼は当時、一種のトリックスターとなり、マスコミにおいて隠花植物のようにはびこっていった。売れる人には、とにかくどんな手を使っても近づく、というのがこの業界の鉄則であるから、彼のまわりには自然とマスコミ人たちが集まり始めた。私のまわりで、三浦さんとすっかり仲よくなり、

「僕だけは信頼されている」

というテレビマンや編集者が何人もいたものだ。

私ももちろん軽薄な方だから、話題の人とは絶対に会いたいと考える。三浦さんとは二回ほど対談させていただいた。ここで私の当時の感想を言うと、すべて嘘っぽくなっ

てしまうような気がする。

「そんな悪い人とは思えなかった」

という感想はちょっと違うし、私は十三年前にそれを口にする勇気も持っていなかった。他の人と同じように、三浦さんと知り合ったことにただもう得意になり、対談の後、編集長と一緒にいろんな店に出かけた。

六本木のショーパブで、三浦さんが入っていくと、店内は一瞬凍りつき、そしてざわめき始めたものだ。

「三浦さん、ようこそ。こんな店にいらしてくださって歓迎だわ」

とお愛想を言ったオカマのママの本心は、いったいどんなところにあったのだろうか。が、とにかくあの頃の三浦さんはカッコよかった。逮捕の時、肩から下げたハンティング・ワールドのバッグはおかげで人気ブランドになったものだ。

十三年ぶりに見る三浦さんはすっかり太り、かつてのオーラは消えていた。静かな生活をおくりたいそうだが、それはかなえられるかもしれない。

くたびれた中年男に、もう人はエキサイティングなことを求めない。人間と容姿というのは、それほど深く結びついているのだ。

お茶をいかが

食べたくなると、もうそのことしか考えられない時がある。

特に夏はその発作が起こりやすい。

私は地下鉄の中で、氷アズキのことばかり考えていた。

この暑さの中、甘く冷たいあれをさくさく食べたらどんなに気持ちがよいだろうか。

原宿に着いたら「竹むら」に寄ろうかなあ、でもひとりで食べるのは恥ずかしいなあ……。

こんな時、知り合いに誰か会わないものかしらん、という私の願いが天に届いたのか、

「よッ」

と声をかけられた。

秋山道男氏が代々木上原から乗り込んできたのである。

秋山さんの名前を知らなくても、朝のＮＨＫドラマ「天うらら」の中、人形教室に通ってくるあの不思議な男の人といえば、ああとわかってくれるだろう。本職は本や雑誌

のプロデューサーで、チェッカーズの生みの親でもある。あと特異なキャラクターを買われ、映画「ファザー・ファッカー」でも義父の役で出演したりと、業界では超有名人である。しかし、本人はその場所が気に入っているのか、メジャーの一歩手前のところにいつもとどまっている。

秋山氏に初めて会ったのは、もう十七年前のことだ。

「ちょっと変わったPR誌をつくりたいから手伝ってくれ」

ということで、当時フリーランスのコピーライターをしていた私にお声がかかったのだ。この時、やはりフリーライターをしていた中野翠さんも編集に加わることになった。

あの若き愉快な日を、いったいどう表現したらいいだろうか。秋山氏はその本のために外苑前に事務所を借り、私たちはそこのペンキ塗りから仕事を始めたのだ。

「熱中なんでも面白ブック」というのは、今考えても本当にヘンテコな雑誌で、子どものためのPR誌というよりも、大人のためのひねった雑誌である。秋山氏の人脈で、糸井重里さんだとか南伸坊さんなども誌面に出てくれた。

「あの人はアントニオ猪木の物真似がうまいから取材に行ってくれ」

ということで、漫画家の高信太郎さんのところへ出かけたこともある。

私はそれがきっかけで、秋山さんの事務所にしばらく居候させてもらったりした。秋山さんと会うのは、本当に久しぶりでこのまま別れるのはいかにもなごり惜しい。

「秋山さん、氷アズキでもご一緒にいかが」

と声をかけたら、約束の時間があるということでちょっと迷ったものの、ケイタイであちこち連絡してくれてOKとなった。

「竹むら」ではなく、駅前のフルーツパーラーに入った。秋山さんはコーヒー、私はフラッペもないということで仕方なくゼリーを食べた。

私たちはあの頃仲間だったいろんな人の噂話をした。当時、地方から出てきたばかりの純朴なカメラマンだったA君は、今や売れっ子となり四回めの結婚の最中だという。ミュージシャンのマネージャーをしていたB子さんは、手相観《み》として大層有名になっている。

「事務所は同じところだから、いつでも連絡してよ」

と言う秋山氏と別れた。たった三十分ぐらいのお茶であったが、非常に楽しく有意義な時間であった。

私は時々こんなことがある。

喉が渇いたなあ、でも一人でお茶を飲むのはわびしいなあ、と思う時、ものすごい確率で知人と会うのである。こういう時はとても嬉しい。そう親しい相手でなくてもすり寄っていきたいような気分になる。

ところが、十人に三人ぐらいの割合で、

「ごめんなさい。今急いでいるから」

とすげなくされることがある。

うちの夫に言わせると、私のように気まぐれで、突然思い立って何かする人につき合いきれるわけがない。声をかけられた人が迷惑だと言うのだ。けれどもお茶などというものは、わざわざ約束してするものであろうか。ちょっとすれ違った際に近くの店に入る、というのがいちばんあるべき姿ではなかろうか。

私のような仕事をしていると、食事のお誘いがとても多い。私は食べるのが大好きなので、お招《よ》ばれに喜んで行ったところ、むくむく体重が増え始めた。私はそうお酒を飲む方ではないが、ちょっとアルコールが入ると、もうその夜は仕事をする気になれない。そのままどてっと寝てしまう。

ある時、一週間のうち五回会食が入るというような生活がしばらく続いた。夫はいい顔をしないし、私はデブになるしと困った事態となった。よって私は、最近会食等は出来るだけ昼間にしてもらう。イタリアンレストランでさっとお昼をいただくと、所要時間は夕食の半分ぐらいであろうか。お酒を飲むこともないので、帰ってすぐに仕事が出来る。

「やっぱり昼間はいいわよ、無駄がなくって」

と言ったところ、若い人から、

「そういうのって、ランコン（ランチコンパ）っていって流行ってるんですよ」

と教えられた。最近のコンパは、夜するのではなくランチにするのが流行だということだ。夜の飲み会だと、男がハズレばかりでも最後までつき合わなくてはならず、お酒も入ってだらだら続くことが多い。その点ランチだと、男性のレベルが低かったら、さっと会ってさっと別れることが出来るから効率がいいのだそうだ。

もしかしたら私のランチ志向も、人間関係をもっと軽やかにしたいという願望のあらわれかもしれない。しかしお茶を飲むというのはそれとはちょっと違う。偶然すれ違った二人が、短い時間共に情報交換をし、楽しいひとときを過ごし、さっと別れる。これが私の望む大人の関係というやつだ。べったり過ごすのは野暮で、せいぜい三十分ぐらいにしておく。

こんなポリシーを持つ私に、どうか冷たくしないで欲しい。お茶でもいかがと言ったらつき合って欲しい。たった三十分ぐらい、どうっていうことないじゃん。

選挙解禁

今回の選挙は、なかなか面白いものがあった。

開票が進むにつれ、各政党の執行部の人たちの顔つきが全く変わってくる。橋本さんなんか、目がいつもの二分の一ぐらいになり、心ここにあらずという感じ。しかし、質問する側をひやりとさせるようなあの冷たいもの言いは変わらない。

それを乗り越えて、核心に迫っていくのがキャスターと呼ばれる人の仕事だと思うのだけれども、中にはそれに値しない人が何人もいたぞ。

特に某局の女性キャスターは目もあてられぬ惨状で、エリツィン大統領とクリントンを間違え、完璧に橋本さんから馬鹿にされていた。美貌が売り物の、スチュワーデス上がりのキャスターに多くを望んではいけないと思うけれども、呆然とすることばかりであった。

「仮にも一国の首相とさしで話させようとするのが間違っているよ。そんな器じゃないよ」

と、一緒に見ていた人も言ったものだ。

選挙というのは、各キャスターにとっても総評価をされる日である。キャスターの人たちも厳しく採点されてもいい。

そういえば久米さんと田中眞紀子さんのなれあいといおうか、皮肉の応酬もとても見づらいものであった。本人たちは学生時代からの延長で楽しくやっているつもりであろうが、もはや二人とも二十歳ではない。それぞれの分野で権力者になっている二人が、ああいう嫌味ったらしい会話をするのは見ている人を辟易《へきえき》させるものだ。

さて、私は選挙が始まってからずうっと政見放送を見ていた。これについていろいろ言いたいこともあったのであるが、選挙妨害になると思ってじっと我慢していた。が、もはや解禁というものであろう。

私がいちばん声を大にして言いたいのは、

「ねえ、ねえ、ちょっとオ、東京から出た民主党の小川サンって、どういう人か知ってる」

ということであろう。私も雑誌社の人から聞いてわかったのであるが、あの弁護士さんは、女優の市毛良枝さんの元夫である！　あんまりマスコミは書かないけれども、ミーハーの私はそう教えられると思い出すことがいっぱいある（別にエバることもないのであるが）。

確か離婚のごたごたの最中、あの小川サンって、市毛さんを殴ったんじゃなかったたっけ。私はその時、ひえー、弁護士さんでも奥さんを殴ったりするんだ、自分が不利になるのをよく知っててもそういうことするんだと、やたら感動したものだ（これは全くの誤報で、小川さんはマスコミを訴え、勝訴しているとのこと）。そうそう小川サンって、作家の永倉万治さんの同級生でもあったっけ。

長崎の選挙区で「松谷蒼一郎」サンという懐かしい名前を見つけたのも何だか嬉しかったなあ……。

さて東京選挙区に話を戻すと、政見放送がいちばんヘタだったのは、女性党の候補者である。ちょっと席を外した隙にこの女性の声が聞こえ始めた時、私は応援演説のスピーカーの声だと思ったぐらいである。抑揚のないかん高い声であった。こんな声を出す女性に一票を投じる人はまずあるまいと思った。この世の中、知的な女性は声が低いというのは常識である。テレビに出てくる人はそれを意識して、出来るだけ声のトーンを抑えている。それなのにこの女性は、ものすごく高い声でしかも一本調子なのだ。中身より前に拒否反応を起こされるだろう。私はちゃんと参謀がついていないのかと、最後は彼女に同情したぐらいだ。

反対にさすがと思わせたのは、土井たか子さんと福島瑞穂さんとのかけ合いの政見放送であった。土井さんは話が抜群にうまい。しかも原稿を読んでいないので、視線がちゃんと正面に来ている。対する福島さんも、いつもよりも喋りのトーンを落としているので、知的な雰囲気がとてもよく出ていた。仲のいい叔母さんと姪が、楽し気に政治のことをお喋りしているという感じがとてもよかったのであるが、ご存知のとおり社民党はいい結果が出なかった。政見放送三パーセントの視聴率なら仕方ないか……。

そんなある朝、秘書のハタケヤマ嬢が興奮してやってきた。

「ハヤシさん、今、電車の中で中村敦夫サン見ました」

「え、どうして電車に乗ってるの」

「タスキ掛けして、みんなと握手してました。あんまり素敵だからぼうーっとしちゃって、あの人に入れようかと思っちゃいました」

なるほど女というのは、こういう決断の仕方をするのかと思っていたのであるが、東京選挙区の四番めに中村さんの当確が決まった。オリンピックおばさん、小野清子さんを破ったのである。この時は少なからず興奮した。激戦区で大政党を相手に、勝利をつかんだのである。

中村さんぐらい知名度があれば、比例でも上位の方でらくらくとおったであろう。それなのにビラ貼りから一人で始めたと言うのだ。

そこへいくと民主党の元野球選手はみっともなかったなあ。比例の順番が低いとぷりぷりしていたくせに、予想以上の民主党人気に乗じて当選してしまった。そうしたら次の日からいろんな番組に出て、政治家の今後について語っているではないか。いったい何を考えているのだと、テレビに向かって怒鳴ってしまった。

そもそも比例というのが私にはよくわからない。他の候補者が、暑いさ中汗みどろになり、街頭キャンペーンをしている最中、彼らはいったい何をしているのだろうか。なんか「濡れ手で粟」という感じを持つのは私だけであろうか。

特に私は比例で出るタレント議員というのが嫌いだ。自分のいささかの虚名からくる人気というものが買われ、またそれを信じて立候補するならば、世の中に判断してもらうということが必要だ。自分はただの有名人ではない、これだけ政治のことを考えているというアピールもなく、ずるずると議員バッジだけを手に入れる。知らない間にこういう人がどんどん増えていく。

全く選挙になると、久しぶりに義憤という言葉をやたら思い出すのである。

強運な女

先日飛行機に乗ったら、スチュワーデスが一枚のハガキをくれた。「サマーキャンペーンプレゼント」とあり、その場でめくるスピードくじである。開けたら「あたり」であった。

おめでとうございます、とくれたのは入浴剤セットである。小さなものであるがとても嬉しく、さっそく札幌のホテルのバスで使った。

私は子どもの頃から、とてもクジ運が強いと言われてきた。私の憶えている最初の記憶は、町内の福引きである。がらんがらんという機械をまわしていたら、突然銀色の玉がコロリと出てきた。私が六つか七つの頃である。

「おめでとうー、大当りィー」

と鈴が鳴り響き、あたりは騒然となった。私は何だかよくわからぬが、まるで七夕のような笹を持たされ、人混みの中を行進した。賞品はオートバイだったそうだが私は見たことがない。先日、何十年ぶりに思い出して母に尋ねたところ、

「すぐに売っちゃったから、私もよく見ていない」

とあっさりとした答えが返ってきた。

この頃から私は父親によく連れ出されるようになった。宝クジを選ばされるためである。今はどうなっているかしらないけれども、昔の宝クジ売場は束の中から自分の好きな番号を引けたのだ。

ある時上京の折に、新宿の売場へ連れていかれた。

「どれでもいいから、マリコの思ったとおりのものを取ってごらん」

と、いつになくやさしい父の声。冬のことで私はコートを着ていたように記憶している。どの札を取ろうかしらん。私はこれにしたいけど、お父さんのために当たらないと悪いしと、子ども心にもあれこれ悩んだような気がする。

結局、私の選んだ宝クジは全く当たらなかったようで、父親は私を売場に連れていくことがなくなった。

思春期にかかってくると、私のクジ運は確かにかなり低下したかもしれない。町内の福引きもたいしたものが当たらないようになり、あのオートバイ獲得も伝説のようになったと思いきや、私の運は別のところで花開いていったのである。「投稿」というやつですね。

当時からいろいろな雑誌が、ネーミングやキャッチフレーズ募集を一般公募で行うようになり、ヒマな高校生だった私は、結構いろんなものに応募した。賞品の化粧ポーチやタオルはどさどさ送られてきたし、中にはテープレコーダーやラジオというのもあった。いちばんすごいのは大学一年生の時に当選したパリ旅行だったかもしれない。

ところが、大学を卒業したあたりから、私の運は落ちるところまで落ちていった。石油ショック以降の不景気が影響して、就職先が全く決まらなかったのだ。就職試験を受けたところすべて落ちた。好きな男にフラれた。バイト先では最悪なことばかり起こると、私はわが身を呪ったものである。

その後何とか持ち直し、コピーライターという新しい種類の職に就いた頃から、私の中に全く新しいものが芽ばえ始めた。それは今までの私が0・1ミリグラムも持っていなかった、努力する心とか、向上心というものであった。運というものが欠落していった結果、こうしたものを補給しなければ、この娘は駄目になると神さまが思われたのかもしれない。

昨年のこと、エッセイをまとめた「強運な女になる」という本を出したところ、びっくりするぐらい売れた。これは編集者のつけたタイトルの勝利と言わなくてはならないだろう。それと世間の人が、私のことをいかに運のいい人間と思っているかの証《あかし》のように私はとった。

ちょっと前まで、

「ハヤシさんは運のいい人だから」

などと嫌味ったらしく言われると、かなりむっとしたものだ。

「ちょっと待ってくださいよ。そりゃ私は運がいいかもしれないけど、ほんのちょびっとは才能っていうもんだってあるし、何てったっていろいろ努力してるんだもん」

と心の中でつぶやいたものだ。しかし、最近「運のいい人」と呼ばれることに何の抵抗もない。本当にそうだワ、と有難く受け取っている。それは私がバイオリズムとか運気といったものを素直に信じる気持ちになったからである。私は定期的に信頼する占いの人のところへ行き、いろいろ話を聞いてくる。すべてを信じるわけではないが、幾つかの言葉は心に刻んでくる。ある日、その方がとてもいいことを言った。

「ハヤシさん、いいことっていうのは、いい時にしか起こらないんですよ。悪いことが起こっている時に、いいことはありません」

あたり前といえばあたり前のことであるが、私ははっと胸を衝かれた。つまり仕事も順調、私生活もいい感じ、どうやら運がいい時期に自分は入ってきたなあと思った時に、人間は勝負を賭けなければいけないらしい。「勝負を賭ける」というと下品な言い方になるが、ついていると私の思った時に頑張って頑張って、そこで大きな実績を残す。そこで人間はもう一ランク成長出来るということなのだ……。

この何日か、運ということについてよく考えた。それは芥川、直木賞の選考会があったからだ。プロの作家の力量を問う選考に、運とか不運などということは失礼かもしれないが、私はこの時期が近づくと、十二年前候補となり、選考の結果を待っていた夜のことを思い出すのだ。本当にあの幾夜かは苦しくつらかった。そしてよく人間の運というものについて考えたものだ。

この世に運というものはあるのか。そしてそれは今夜訪れるのだろうか……。

あの時、運というものは手に取っていじれる気体のような気がした。その気体は、時々本当に人間に近づいてくる時がある。その気配を知ることができただけでも、私は幸せであった。

真夏の出来事

とんでもなく暑い日が続いている。

それも真夏っぽく、カラッと晴れてくれれば諦めもつくのであるが、いつまでも梅雨のような空で、温度だけは上がるから始末に悪い。

私は暑いのも弱いが、冷房にも弱いという体質で、こんな天候が続くと本当にぐったりしてしまう。外出も出来るだけ控え、家の中でごろごろしている。

が、あきらかに運動不足を感じ、買物に出かけることにした。地下鉄でひと駅先のスーパーまで歩くというのが、最近、私のたったひとつの運動かもしれない。

その日は特に暑かった。よせばいいのに、半分割りのスイカを買ったから、私の紙袋はずっしりと重い。歩いているうちに全身から湯気が立ってくるようだ。歩きながら、ウインドーの自分の姿をひょいと見て、思わずめまいを起こしそうになった。

私は歩くのがヘタだと昔から言われ続けてきた。上下運動ばかりで、少しも前に進まない私を見て、「ペンギン歩き」という人もいる。大人になってからはかなり気をつけるようにし、背すじもぴしっと伸ばす訓練もした。

が、こういう時、「美しい歩き方のコツ」などというのは、まるで役立たない。暑さのあまり、背を丸めて足をひきずるようにして歩くオバさんが、ウインドーに映っているではないか。

ああ、みっともないと思う。こういう時、表参道のオープンカフェで、気取って冷たいものを飲んでいる輩《やから》が本当に憎らしい。彼らの見せ物になろうと、それでもおかずを買って帰らなきゃならないこともある。ひと休みせずに歩かなきゃいけないことだってあるのだ。

その時、後ろから近づいてくる女の人がいた。まだ若くワンピース姿が可愛い。

「あの、もし、もし、ちょっといいですか」

わかったわ、私に話しかけたいのね。街を歩いていると、時々こういうことがある。読者です、頑張ってください、とか励まされるのである。

疲れきってちょっとみっともないとこ見られたけど仕方ないわ。スーパーの袋も紀ノ国屋のものだから、ま、いいか。

「はい、なんでしょうか」

立ち止まった私は精いっぱいつくり笑いをした。その女の子は私の前に立つ。

「あなたには転機の相が見えます。健康のために祈らせてくれませんか」

なんだ新興宗教の誘いだったのか。急いでいるのでと私は邪慳《じゃけん》に断わり、また歩き始めた。

途中で氷イチゴの屋台を見つけた。食べたくてたまらない。けれども紙袋を二つ持ち、どうして氷のカップを持つことが出来ようか。角を曲がる。もうじき私のうちであるが、ここからが長い。坂をずうっと上がっていかなくてはいけないのである。普通の日ならどうということもない坂であるが、この暑さの中、アスファルトから熱気がむっと出てくるのがわかる。

私は円地文子さんの「女坂」という小説をいつもここで思い出すのである。買物のたびにこの坂を上がっていく、私の人生っていったい何なのかしら……。

買ってきたものをひととおり冷蔵庫に入れ、私はちょっとベッドに横になる。自由業でよかったなあと思うのは、こんな時であろうか。仕事の片さえつけば、自分の好きな時に、ちょっとお昼寝出来るのだ。こんな時、女性週刊誌などが届いていると最高である。それを持ってベッドに行く時、私はささやかな幸せを感じるのである。読みながらちょっとうとうとすることもある。ああ、仕事の続きをしなきゃと思いながらも、甘い眠りの罠にはまっていく気持ちよさといったら……。

しかしお昼寝といっても、三十分ぐらいで切り上げる。今日は大切な夕食会があるのだ。例の商社マンA氏から、このあいだディズニーランドに行ったメンバーで、また食事をしようと誘われた。場所は広尾のイタリア料理店である。A氏と待ち合わせて出かける。

まだ時間が早く、残りの人たちが来ていない。私は用事を思い出し、店の外に出てケイタイをかけた。その時だ、タクシーが停まり、中からものすごいハンサムな男性が降りてきたのである。どこかで見た顔だなあ、でもカッコいいなあとぼんやり見つめる私。ところが信じられないことに、その男性は私を見てにっこり笑いかけるではないか。

「ハヤシさんですね。今日、ご一緒させていただくBです」

ひえー、私は奥さんの方が来るとばかり思っていたのであるが、ご主人の方がいらしたわけだ。

このB氏が誰だか言えないのは残念であるが、さる名門のご令嬢と結婚した方である。その時はいろいろ週刊誌のグラビアを飾り、私は、

「そうかー、こういううちのお嬢さまだと、こんなハンサムでエリートの男性と結婚出来るのか」

と感心したのを憶えている。B氏は写真で見るよりもはるかに素敵で、感じのよい男性であった。

「家内がうかがうはずでしたが、来られなくなって、代わりに僕がまいりました。ぜひハヤシさんとおめにかかりたかったもんですから」

たとえお世辞でも、こんなことを言ってくださり、私はすっかり舞い上がってしまった。私の隣りに座ったC氏もノーブルなハンサム、私と仲よしのA氏もちょっと年はくっているが渋い二枚目である。

これだけタイプや年齢の違う、いい男がずらりと並ぶさまは、それこそ壮観であった。みなさんよく、私の書くものにはどうして美男子ばかり登場するのか、信じられないとおっしゃるのであるが、私にだってわからない。しかし本当にいるのだ！　A氏はワインをついでくれ、C氏は何くれとなく話しかけてくれる。B氏は私の斜め前に座り、目の保養となってくれている。ああ、幸せ。

気がつくとワインをたくさん飲み、パスタを頬ばっている。いい男ぐらい夏バテをなおしてくれるものがあろうか。

臆病

言うまでもなく、私は小心で臆病な人間である。

いったんよくないことを考え始めると、もうそれを振り切ることが出来ないという特性を持つ。

たとえば初めての土地でホテルに泊まったとする。そういう時、反射的に私が考えることがある。

「ここは古戦場だったろうか」

大阪だろうと、九州だろうと関係ない。私は必死でとぼしい知識をひっくり返す。

「えーと、このへんって源平の何とかっていう戦いがあったんじゃなかったっけ。いや、いや、それよりも明治維新の時に、何か反乱があったような気もする……」

このレベルなので答えが出るわけもない。そして私が次に考えることは、

「このホテルで自殺した人がいたんじゃないかしら」

よくない方、よくない方へと考えがいき、その結果おっかなくて眠れなくなってくる。

特に鏡が駄目だ。ホテルの鏡というのは、なぜかベッドから見える位置にある。そこに何か映るような気がして仕方ない。週刊誌に出てくる心霊写真がやたら浮かんでくるのだ。

それでどうするかというと、私は部屋のあかりをつけて寝る。エネルギー節約の折からまことにもったいないことであるが、真暗い部屋で眠る勇気がない。

この話をしたら、某友人が有名な歴史あるホテルの話をした。そこに出る幽霊は、自分でパチパチとスイッチを消したそうだ。こわい……。

私は地下鉄のホームで待っている時もいろいろ考える。週刊誌の記事を読んだばかりだ。ニューヨークの地下鉄では、麻薬のジャンキーが、時々発作に襲われてホームに立っている人を線路につき飛ばす。それで死者が何人も出ているそうだ。

また私の知っている編集者は、暴力団に関する重要な記事を書いた。それ以来脅かされて、ホームでは絶対に先頭に立たないと言っていたっけ。

そういう話を次から次へと思い出し、私はずうっと後ずさりする。壁の方に寄っていく。

そしてつい先日のことであった。私は朝の公園を歩いていた。エステに行く時はいつもこの道を歩く。道路を歩くと素顔を他人さまにさらすことになるからだ。少々遠まわりでも公園の中を行く。それならば化粧ぐらいすればよさそうであるが、わずか十五分後にはクレンジングされる肌だ。銭湯に行く前にシャワーを浴びる人はいない、という理屈と同じであろうか。

朝の十時前だというのに、公園はほとんど人がいない。犬の散歩をさせている人が、たまに通り過ぎるぐらいだ。都会のちょっとした死角がある。

その時、後ろから従《つ》いてくるおじさんに気づいた。あきらかに私と歩調を合わせている。私はかなり怖くなってきた。ここから先は、木陰が続き、人気が全くない。

そして、

「おい、おい、ネエちゃん」

という声は、私のびくついた心を谷底に落とすのに充分のものであった。

「ギャ〜」

と叫んで逃げ出そうとする私。

「おい、ネエちゃん、服のラベルが出てるぞ」

えー、親切に言ってくれたのか。これは失礼しました。私はお礼を言おうとしたが、体と声がうまく動かない。また、ニットセーターの背中のタッグがはみ出したってそのくらい何さ、という気持ちがわき起こったのも事実だ。

そのおじさんは、私が何もせず、ひたすら早足で遠ざかろうとするのに腹を立てたようだ。

「ちゃんとしなきゃ駄目だぞ」

と叱られた。見ず知らずのおじさんにこんなことを言われる自分が情けない。

そして私は少し反省する。最近の私は被害者意識にこり固まっていやしないだろうか。それに自意識過剰が重なり、こちこちに緊張していることがある。

この世の中、事件などはめったに起こるものではない。すべてが私の思い過ごしなのである。

公園事件の少し後、うちの近くのワインレストランで女四人で飲んだ。あまりにも楽しく、終わった時は午前一時を過ぎていた。この店からうちまでは歩いて五分という距離である。誰かに途中で降ろしてもらおうと思ったのであるが、タクシーが次々と来て皆は乗ってしまった。私はひとり夜の路上にとり残される。深夜の原宿というのは、ひとっ子ひとりいない。歩き始めると道路の向こう側から、若いサラリーマン風の男性が渡ってくるところであった。彼が私の後ろを従いてくる格好になる。どうも歩調を合わせてくるような気がするのであるが、私の気のせいだと考え直した。わが家に帰る近道として、大きな通りから細い道に折れる。ここは線路沿いの真暗な道だ。私は彼をやり過ごし、この道に入っていこうとした。が、彼のスピードは遅く、しかも私と同じようにこの道を曲がろうとするのだ。

「はて、この道の先に何があったかしらん。そういえばマンションがあったっけ。あそこへ帰る人かしらん」

あくまでも好意的に考える私。が、何とその男はこう言うではないか。

「ねぇー、ちょっといいかな――」

久々にナンパされたわけだが、暗い道の途中である。私はひたすら走って逃げた。これは自慢話ではない。私は家に帰ってから、鏡でひょいと後ろ姿を点検した。その日は長めのスカートにジャケットという、どう見てもオバさんの格好と体型である。いくらまわりに誰もいなくても、どうして若い男性が声をかけたりしたのであろうか。この世に起こる不思議さは、私の想像過多をさらに上まわるから困るのである。

ストリートガール・ファッション

あれほど評判の悪かったキャミソールドレスであるが、八月の上旬を過ぎたあたりからぴたっと消えた。ここ表参道でも見かけることはほとんどない。みんな半袖のシャツを着るようになった。

この理由について、私はあれこれ想像している。

①あまりにも肌を露出するものなので、家の人に怒られた。

②寒過ぎて、冷房の効いた屋内では対処出来ない。

③あまりにも流行り過ぎて飽きてしまった。

このうち③がいちばん当たっているかもしれない。初夏の頃は中高生から、結構年がいった女性までみんなあの下着ルックを着たため、かなり興醒めしてしまったのであろう。

「お客さん、聞いてくださいよ」

タクシーの女性ドライバーに話しかけられた。

「このあいだ外国人のお客さんが三人乗ってきたんですよ。そうしたら歩いてる女の子たちを指さしてゲラゲラ笑ってるんです。それであの子たちは幾らで買えるんだなんて聞くから、私、口惜しくって口惜しくって……」

どうやら下着ファッションを着た女の子のことを言っているらしい。

そういえばやはり七月の頃、家に帰る途中、暗闇の中でひとりの女の子を見た。友人でも待っているのであろうか、煙草をくゆらしている。その子がまた大胆なキャミソールドレスを着ているので、とても冷静に通り過ぎることが出来なかった。どう見てもロスあたりのストリートに立っている、客待ちの娼婦なのである。

私はキャミソールドレスに関しては別に何も思わないし、喫煙に関しても寛大なつもりである。けれども日本の女の子は、これに厚化粧が加わるからおかしな誤解を招くことになる。

「国それぞれの事情があるし、ここは日本なんだから何を着たっていいじゃないか」

という声もよく聞くが、よその国の基準を知っておくのも大切なことである。

私の見ている限り、ヨーロッパやアメリカの女性たちも夏は肌を露出する。タンクトップやショートパンツというのもよく見られるアイテムだ。その代わり彼女たちはお化粧をほとんどせず、髪も無造作である。日本のように肌はさらすわ、髪にメッシュを入れるわ、ということは少ないように思う。

映画「プリティ・ウーマン」で、ジュリア・ロバーツが最初の頃、着こなしていたものが典型的なストリートガール・ファッションだ。極端なミニスカート、長いブーツ、それにふくらませた髪に厚化粧ときたら、もう看板を掲げているようなものであろう。

四年前、夫と出かけた冬のニューヨークでは、毎晩のようにホテルの裏通りに出没するそのテの女性を見た。ものすごく高そうな豹《ひょう》のコートを着こなし、髪をプラチナブロンドに染めている。

すれ違った後、

「あの女の人、ああいう商売の人よ……」

とささやいたところ、夫はまさかと首を横に振った。毛皮のコートを着た綺麗な人がそんなことをするはずはないと言い張るのだ。

全く何もわかっちゃいないと、私は夫の無知をせせら笑った。

「こんな厳寒の夜に、どうして女がひとりで立ってるのよ。あの独得の化粧を見てぴんとこないの」

しかし夫は納得しない。私が邪推しているとまで言うのだ。しかし次の夜も彼女は同じように裏通りに立っていた。二年後、やはりニューヨークへ行き、同じホテルに泊まったところ、やはり彼女を目撃して何やら懐かしい気分になったものである。

その他にも外国のいろんな都市へ行き、そうした女性たちを目にしてきた。食事の後など、案内してくれた男の人が、

「ハヤシさん、後学のためにちょっとやばい場所を見に行きませんか。いや、こわいこ

とはありません。車ですうっと行って見るだけですから」

などと言って連れていってくださることがある。私は女性であるから、やはり冷静な気分では見られない。いかにもプロ然としていたニューヨークの娼婦は別として、アジアの若い女の子たちを見るのは心が痛んだ。

しかしそういうことは別にして、彼女たちには世界共通のファッションがあり、化粧法があり、独得の雰囲気があることに気づく。普通の女性とは一線をひく何かがある。客を待っている際の、つまらなそうな煙草の吸い方というのは、どこでも見かけるものだ。

ところが私はある日、表参道で多くの女の子たちが、これと同じポーズをとっていることに気づいて愕然としたことがある。なんとわが国の女の子は、娼婦ファッションをカッコいいと思い、あのふてくされた態度を素敵だと考えているらしい。どこかで大きな勘違いがまかり通っているらしいのだ。

しかしそれも私は我慢しよう。たとえ外国人の男性に笑われても、ここは日本なのだと反論もしてあげよう。

私が憤りをおぼえるのは、制服に信じられないほどの濃い化粧とアクセサリーをほどこした中高生たちである。まるで白髪のように染めた銀髪に、日焼けサロンで真黒に灼いた肌、白い口紅、イヤリング、ピアス、ネックレス、という彼女たちは本当に醜い。私が親だったら、ひっぱたいて髪を切るところだ。

言うまでもなく、表参道はパフォーマンスの場である。さっきもピンクに髪を染め、イチゴ模様の服を着た女の子とすれ違ったばかりだ。私はどんな過激な服を見ても微笑んでしまう。ああ可愛いな、頑張ってるなと思う。

が、あの〝制服崩し〟はダメだ。制服を着ることによって自分の若さと立場を誇示し、しかもその安全圏の中でうんと自分をはずして媚びていく狡さが私は大嫌い。これこそ日本における究極の娼婦だと思うがどうであろうか。

楽しい話

心ない週刊誌に、何の断わりも取材もなく突然妊娠のことを書かれた。後の騒動は皆さんご承知のとおりだ。家の前にはカメラマンやテレビ局の人がいる。テレビでは、

「卵子がどーの」

「精子と合わせて」

などとやっている。普通の神経ではちょっと耐えられないことばかり続いた。高年齢、肥満、多忙という三重苦を抱えていたが、それにストレスが加わることになった。夕方からは何も口に入らない。が、それでも体重が減らず、これも腹立ちの一因になった。

いちばんいけないことらしいが、あれ以来どうしても眠れない。まわりの友人からは、

「とにかく楽しいことだけを考えるのよ」

「美しいものだけを見るのよ」

とアドバイスをもらった。ベッドに横になり、今までの人生で起こった楽しいことを頭に思いうかべようと必死になる。

十年前に行った、ウィーンのオペラボールのことなんかどうだろうか。オペラ座で繰り拡げられる十九世紀そのものの舞踏会である。男性は燕尾服、女性はイブニングドレスでワルツを踊る。おとぎ話そのままの光景だ。

その日のために、私は緑色のタフタのイブニングドレスをつくり、ダンスの練習に励んだものである。が、ひとつ足りなかった。肝心のパートナーが手に入らなかったのである。私はドイツに住む、前から知り合いのハーフの医学生に話をつけておいたのであるが、いざとなったら、

「燕尾服がもう貸衣裳屋にない」

などと言ってキャンセルが入った。ウィーン在住の日本人の若いオペラ歌手が、急きょオーストリア人の彼を貸し出してくれた。しかしこの男、自分の恋人と踊りたがってろくに相手になってくれない。

「いやー、ハヤシさん、次からはタクシーじゃなくて自家用車をお持ちにならなきゃいけませんな」

一緒に行った人にからかわれ、私は憮然としたものだ……。いけない、また腹の立つことを考えてしまった。

えーと、最近の楽しいことといえば、このあいだもお話ししたと思うが、ハンサムな

俳優さんと食事したことであろうか。その時は五人でご飯を食べたのであるが、帰りしな彼は素敵な目をこちらにじっと向けてこう言ったものだ。

「今度、食事にお誘いしてもいいですか……」

あの時は久しぶりに胸がきゅんと音をたてたものである。

その後どうなったのと、多くの人から聞かれるのであるが、何も連絡がない。あれ以来、携帯電話の電源を出来るだけつけておいたのであるが、どういうことであろうか。

やがて私は思いあたった。

「そうだ、きっと私が携帯を持って行かなかったり、電源を切っている時に限って彼からの電話があるんだ。そうだ、そうに違いない」

私は説明書をひっぱり出し、留守電サービスというのを入れた。これで彼からいつ電話があっても大丈夫。次の日、音楽会へ行くために携帯は置いていった。そうしたら、あるではないか、留守電が入っているマークが愛らしく光っている。私は大喜びで再生のボタンを押した。

「もしもし、〇〇だけどねー、打ち合わせ、十五分遅れるからよろしく」

知らないおじさんの声が飛び込んできた。携帯でも間違いはあるのだ、ということを初めて知った。

そして三日後、朝の九時についに携帯電話が鳴った。たいてい電源を切っていたため、受信をしたのはこれで二回めである。初体験といってもいい。かなりドキドキしている。

彼からではなかろうか。でも、芸能人ってこんなに早く起きているものかしらと、あれこれ考えながら電話をとった。

「もし、もし、○○さんのおたくですか」

またまた間違いで中年男性の声だ。私は本当にがっかりしてしまった。私はあの俳優さんにからかわれたのであろうか……、いけない、話がまたそっちの方向へ行ってしまった。

どうして私の楽しい話は、腹立たしい記憶とワンセットになるのであろうか。昔の恋愛のことを思い出してみても、その後のフラれたことがすぐ頭をよぎる。

こうなったら作家の創作力と想像力とを駆使して、うんと楽しいラブストーリーをつくってみることにしよう。

最近、といっても半年前のことであるが、さる名門のご子息を紹介された。端整という言葉はこの人のためにあるのではないかというノーブルな顔立ちに、すらりとした長身である。一緒にご飯を食べ、それからおつき合いが始まった。もちろん二人きりではないが、このあいだはディズニーランドにも行った。

もうじきボローニャ・オペラがやってくる。さる方から三組の夫婦で観に行きましょう、とお誘いを受けている。うちの夫は居眠りをするだけだから、もちろんパスするとして、私のパートナーにはあの方になってもらおう。

そういえばディズニーランドでこんなことがあった。他の三人はスペースマウンテンに行ったのであるが、私はああいうのが苦手である。外で待とうとしたら、その方も一緒に待っていてくれることになった。ほんのわずかな二人の時間。こういう時に限ってめったに知人に会わないものだが、運よく知り合いがやってきた。嬉しい。

「ふふ、不倫中のカレなの。みんなに内緒ね」

と私はささやいたのであるが、全く本気にしてくれなかった。

が、今度は一緒にオペラだ。ふふっ、これで噂のひとつやふたつ立つに違いない……。が、思い出した。今日その方からお祝いの花束が届いたばかりではないか。ちぇっ、ちぇっ、知ってるんだよな。私の今後の大きな課題は、このままの状態できちんと恋愛小説を書けるのかということではなかろうか。すべての妄想が遮断されるようになってしまった。そんなことを考えるとますます眠れない。

料理嫌いの女

先日ある会の席上で、東海林さだおさんとテーブルをはさんで向かい合った。用事が終わり食事が運ばれる。料亭の、それはそれは豪華な懐石である。

私はかねてより東海林さだおさんのエッセイの大ファンだ。特に食べ物に関する本にはどれほど楽しませてもらったことだろう。そうだ、そうだと膝をうち、何度も笑いころげた。

あの本の作者が目の前にいる。どういう風に召し上がるか非常に興味のあるところだ。失礼とは思いながらつい見てしまった。

箸をとり前菜に手をつけ、マツタケの土瓶蒸しにスダチをちゅっと絞られる。その動作ひとつひとつが無心で、ゆったりしている。そしてどのお皿も残さない。さすがだなと私はすっかり嬉しくなってしまった。男性でこういう風に綺麗に食べる人は珍しい。懐石料理だとたいていお酒をたっぷり飲むから、料理を汚ならしくつついたり、あるいは突然スピードが早まって目の前のものをたいらげたりする。東海林さんはお酒もきちんと飲みながら、食べるリズムが崩れていないのだ。

食べ物エッセイの達人は、食べることの達人であった。

ところで先週号の「週刊文春」で、料理ベタな芸能人妻は離婚の危機に立たされる、といった内容の記事が載った。私はちょっと古いなあと思わずにはいられない。なぜならば不満を感じているとされる男性スターの年齢は、みんな三十歳そこそこである。はっきり言ってこの年代の人たちはろくなものを食べていない。家庭料理が消滅した時代の子どもたちだ。もしかすると、毎晩お母さんのおいしい手料理を食べていた人もいるかもしれないが、冷凍食品と電子レンジで育った人たちである。

それに考えてみてもわかることだ。たまに芋の煮っころがしを食べるのと、飯島直子ちゃんと暮らせるのと男はどちらを選ぶであろうか。芋の煮っころがしを食べられる男などどこにでもいる。が、皆が憧れる美女を妻に出来たのは彼ひとりだけなのだ。

煮物や焼魚など食べさせてくれるところは山のようにあるし、また彼らならいくらでも好きなところへ行って食べるお金はあるだろう。

それにこれは重要なことであるが、お茶漬を食べたかったら自分でつくればよい。妻だって働いているのだ。本当に料理がつくれないから妻失格、という発想は二十年前のものだと思うよ。

私は日本テレビのワイドショーでやっている「突撃！隣りの晩ごはん」というコーナーを欠かさず見ているが、そのたびに安堵する。なぜならばどこのうちでもたいしたものを食べていないからである。買ってきた鶏の唐揚げやシューマイをパックのままテーブルの上に出しているうちなど珍しくない。鍋などテーブルの上にどーんとおいて、情けないような古いお玉ですくって食べている。

もっともたまに例外もあって、このあいだヨネスケさんが行った唐津は凄かった。海の幸が豊富なところだから、どこの家でもお刺身や煮つけがたっぷり、しかもそれが素敵な有田や唐津の器で出されるのだ。ごく普通の家でである。私は文化というものはこういうものだろうなあとつくづく思った。

が、唐津は別としてたいていのところは、いいかげんなものをいいかげんに盛り、それでも家族で楽しそうに食べている。今の世の中そういうもんだ。

どうして才能もお金も人よりどっさり持っている女優さんに、和食づくりが課せられなければいけないのだろうか。

しかしそういう考えは根底にあるとして、私はやはり料理づくりの楽しさを知らない女の人は可哀相だと思う。男ももちろん可哀相であるが、女の方はもっともったいない。

「突撃！隣りの晩ごはん」と並び、私が毎週欠かさないものに「新婚さん、いらっしゃい」がある。いろんな夫婦が出て、エピソードを語るという人気長寿番組だ。若く感じのいい郵便局員が出てきた。彼は毎日一生懸命、手紙を配達し、家でご飯を食べることを何よりも楽しみにしているのだが、奥さんは大の料理嫌いだという。

ところがある時から、八宝菜やロールキャベツという凝ったものが食卓を賑わすようになった。やっとやる気を出してくれたのかと喜んだのもつかのま、そちらのお惣菜はすべて近くのスーパーで買ったものだとわかる。

奥さんはバレてしまったことに居直り、それからは平気でパックのまま、平気で値段がついたものを出してくるという。

「僕は一生に一度、妻の手づくり料理を食べるのが夢なんです」

と夫が言うと、

「私は一生料理しないのが夢なんです」

と妻が平然と言ってのけた。が、こういうセリフは普通の女があまり言ってはいけないと思う。絶世の美女とか女優さんが許されることだ。そういえば黒木瞳さんが以前、

「私が存在していること自体が、尽くしているっていうことだから」

とおっしゃって、私はいたく感動したことがある。そりゃそうだ。普通のそこらの女だから、愛する夫に喜んでもらおうとご飯をつくり、花を飾るのだ。けれども黒木さんぐらいの人になれば何もする必要はない。ご主人は家に帰ってきたら、毎日かぐや姫がいるようなものだろう。

それを普通の女が真似たら大変なことになる。おそらくテレビに出ていた若い奥さんには、「料理をつくらない女」イコール「カッコいいモテる女」、という公式があったのではなかろうか。が、それは違う。材料を買い揃え、綺麗に切り、味つけし、気に入った皿を選び出す。そして人の喜ぶ顔を見る。こういう行為はちまちまと面白く、とても

頭とセンスを使う。やっていて決して損することはない。普通の女がレベルアップするために、私はうんと大切なことだと思うけど。

駅弁のルール

三カ月ぶりで講演に出かけた。

今年はじめに約束した仕事であるし、最初からちゃんと行くつもりであったのだが、相手がとても不安がる。

「本当にひとりで来るんですか」

と何度も問い合わせがあったという。

ストーカーに狙われるアイドルならともかく、作家にマネージャーや付き人が同行するはずはない。大人が仕事場にひとりで行くのはあたり前ではないか。

だいいちうちの従業員は、ハタケヤマひとりである。彼女はひとりで秘書兼経理をやっているので、席を離れるのはとても無理だ。

「誰かアルバイトを頼んだらどうでしょうかねえ……」

とハタケヤマも思案顔だ。けれどもあたりを見渡しても、働かずに暇そうにしている女友だちなどひとりもいない。一緒に日本舞踊を習っている若いのは何人かいるが、みんなお嬢さまでおっとりしている。まず〝付き人〟なんて無理だろう。

別段深く考えることもなく、ひとりで行こうと判断した。

久しぶりの遠出である。買ったばかりの本を三冊ほど持ち新幹線に乗った。本も面白く気分が次第に晴れやかになっていくのを感じる。

一時間ほどで目的の駅に到着した。新幹線の出口で、三人ほど出迎えの人が待っていてくださった。

車だと時間がかかるということで、この駅でローカル線に乗り換える。ホームには既に電車が到着していた。中は大変な混みようだ。出迎えの一人がドアの近くの席に近づいた。なんと書類袋や雑誌で三人分の席が確保してあるではないか。それを取り去って私を座らせてくれ、自分たちも腰かける。

親切は有難いのであるが、

「こ、こんな図々しいことをしていいのだろうか」

と私はあたりを見渡す。東京だったら睨まれるか、文句のひとつも出るところであろうが、夕方のローカル線は学校帰りの高校生がほとんどだ。自分たちのお喋りに夢中で、別に我々一行の行為に目をとめることもない。が、私にとっては非常に居心地が悪く、三十分はひたすら下を向いて本を読み続けた。

再び駅に着き、そこからは車で市民文化センターに向かう。ここで千人以上の人々を相手に講演するのは、かなりエネルギーが必要となる。久しぶりの仕事で、私はかなり胸がドキドキしてきた。

控え室で本を読みながらも、時計が気になって仕方ない。講演の開始は六時半、終わるのは夜の八時だ。しかしそれにしてもお腹が空いたよなあ……。普通こういう場合、お弁当やお菓子をいただくのであるが、さっき、お茶が一杯運ばれたきりだ。私は接待について文句を言う方ではないが、やっぱりお腹が空く。

トイレに行った帰り、隣りのスタッフ控え室を見たら、幕の内弁当やお菓子の袋がいっぱいあったが、あれはどこへ行くんだろうか。私は何だか空腹と心細さで次第に悲しくなってきた。

講演始まりの十分前にドアがノックされ、世話係の女の人が入ってきた。

「あの、食事はいらないっていうことでしたがよろしいんですね」

確かにそんなことを言ったかもしれないが、それは一カ月前の体調の悪い時でかなり様子は違ってきているのだ。もし気がきいた女性だったら、

「ご気分が悪くてお食事はいらないというお話でしたが、こういうものでよかったら召し上がりませんか」

と持ってきてくれたに違いない……。

いやいや、人を恨んではいけない。お腹が空いたら、帰りに何か食べればよいだけだ。大人の働く女性として、私は人に甘え過ぎている。この頃急に人間がデキてきた私は、まず自分を反省した。

それにこの街の人たちはとてもいい人たちばかりで、気持ちよく講演を終えることが出来た。舞台に駆け寄ってきて花束やプレゼントをくださる方が何人もいて感激した。

それにしても空腹は耐えがたいものとなり、私は講演を終えるやいなや、

「お茶でも飲んでください」

という誘いを断わり、すぐさまタクシーに乗った。ここから新幹線の駅に向かう。食いしん坊の私は、降りた時にいろいろ駅弁をチェックしておいた。ここはかなり種類が揃っている。それを食べながらのんびりと帰ろう。売店はどこも閉まっていたが、中で買えるはずだ。

どうか隣りの席に誰も座りませんようにと、祈るように乗り込んだところ、九時過ぎの東北新幹線はガラ空きである。ミエっ張りで自意識過剰の私は、まわりに人がいるとまずものを食べることが出来ないのであるが、これだけ空いた新幹線ならフルコースだって食べるのはへっちゃらだ。

私は窓際に深々と腰をおろし、読みかけの本を拡げた。こういう時の列車の旅というのはとても楽しい。ホームで買ったウーロン茶を飲みながら、私は車内販売が来るのをひたすら待つ。もう駅弁を食べる態勢はほぼ出来上がっている。

ところがどうしたことであろう。ワゴンがまるっきり通らないのだ。じりじりと待ち、ああ、もう待ち切れないと思った時にやっと遠くから、車輪が軋《きし》む音が聞こえてきた。長年の勘で私は車内販売のワゴンが近づいてきたとわかる。若い女性がお弁当をたくさ

ん持って現れた時の嬉しさ。

　四種類の中から私は鶏飯を頼んだ。私は昔から鶏のそぼろご飯が大好きなのだ。注意深く蓋を開け、箸をとった時にアナウンスが聞こえた。

「次は大宮、大宮に到着します」

　あら〜、イヤだ。駅弁は遠距離の車中で食べるものだ。大宮付近から食べる人はまずいないであろう。

　私は食べるピッチを上げた。こういう時そぼろご飯はとても食べづらい。急げば急ぐほど、ご飯が箸からぽろぽろ落ちる。格闘しているうちに列車はあっという間に上野に近づいた。

　私は迷った揚句、ご飯を三分の一残すことにする。やはり駅弁を食べながら東京駅へ行くわけにはいかない。終着駅までには殻を捨てなくてはならない。それが駅弁を食べるルールというものだ。

出るを量る

私は世間の人が思っているほど大喰いではない。

昔はいざしらず、ご飯だって一膳しか食べないし、おやつもこの頃は口にしない。夕飯なんかそれこそ、五歳の幼女ひとり分ぐらいだ。それなのにどうして太るかというと、ほとんど動かないからである。

朝から仕事部屋に入ると、トイレに行く時に歩くぐらいだ。狭いマンションであるから、十歩でこと足りる。あとはファクシミリの機械に近づく三歩ぐらいか。せめてもの運動不足解消にと、夕飯のおかずを買いにうんと遠くのスーパーマーケットまで夕方歩く。しかし帰りは疲れて、そのままソファに寝そべることになる。でれでれとテレビを見る。

そうしているうちに、お茶を飲みたいなあ、と思うのであるが、自分ひとりでは淹《い》れるのがめんどうくさい。冷水器のところへ行って水を飲む。

全く私ぐらい自分の体を使わない人間がいるだろうか。

恥を話すようであるが、このマンションに移る前、私は住居と仕事場を分けていた。住まいは東麻布、仕事場は青山のマンションを借りていたのだ。最初の頃は、バスで通っていたのであるが、すぐにタクシーになった。その頃飼い始めた猫を、バスケットに入れて仕事場まで毎日連れていかなければいけないというのが名目であったが、単にめんどうくさかっただけだ。

夏の朝はシャワーを浴び、その後はでれでれとベッドの上でまどろむ。雑誌なんかめくったりする。するとすぐにお昼になった。私はもう仕事場へ行くのがすっかり嫌になり、秘書の女性に頼む。

「悪いけど、郵便物と電話のメモを持って、近くの喫茶店まで来てくれない」

そんなことばかり続いて、なんと半月以上仕事場に行かなくなってしまったことさえある。

逆に今度は仕事場へ行くと、原稿に追われて家に帰るのが億劫《おっくう》になってくるのだ。仕事場のソファに寝て、今度はこちらで一週間過ごす。秘書の女性に今度は自宅へ行ってもらい、猫のめんどうをみてもらうというていたらくであった。

中程度の仕事をする成人女子の、一日の必要カロリーは千六百と言われているが、その人の心がけによってものすごい差があるはずだ。私と仲のいい友人は、非常に忙しいキャリアウーマンであるが、いつ家に行ってもピカピカに掃除されている。花は飾られ、雑誌もきちんと置かれている。たまの休みは、私だったら一日中寝ていたいところであるが、彼女は違う。まず午前中は部屋の掃除と洗濯、そして午後からは近くの区営プールに泳ぎに行くのが習慣だ。彼女に言わせると、

「少しでも体を動かしていないと気持ち悪い」

ということであるが、どうやったらそんな感覚を持てるのであろうか。今、原稿を書いている机と、本棚の間には空間があり、ひとがひとり通れるぐらいになっている。が、棚の前に積んであった大量の本が崩れて、その通路をふさいでしまっている。もう一週間になるだろうか。ちょっとかがんで、本を拾えばすむことである。が、私はそれをやろうとはしない。かなり苦労して、その本の川をまたいでいくのである。もうちょっと我慢すると、ハタケヤマ嬢が見るに見かねて通路をつくってくれるはずだから、それまで待とうと思う。

全く、体を動かす人と動かさない人との差は、どこで生じてくるのであろうか。私はこの原因はスポーツ能力の差ではないかと結論づけている。まあ、あたり前といえばあたり前のことであろうか。いつもくるくると動いている人に、子どもの時からスポーツが好きだったかと問えば、ほぼ百パーセント近くがイエスと答えるであろう。

そこへいくと私なんか、体育の時間は悲惨な思い出しかない。体の筋肉のにぶさ、肉体の怠け癖というのはあの時にしっかりと身につけてしまったような気がする。

これでも大人になってから、かなり反省して努力をしてきた。会員制のスポーツクラブにも入った。体と心を鍛え直そうというのが目的である。が、家の近くのスポーツク

ラブはすぐに脱会してしまい、残りのひとつは、フロントで、

「お名前は」

と聞かれる始末だ。十年前に入会したものの、数えるほどしか行っていないから、顔と名前を忘れられていたのである。

もう私は心を決めた。

「出るを量りて入だすを為す」

このことわざ、どこか違っているような気がするが、ま、いいか。とにかく私は怠け者で運動神経ゼロのうえに、半病人のような生活をしているのだ。家の中でほとんど動いていない。お昼はハタケヤマ嬢が買ってきてくれたお弁当か、出前のものを食べ、そしてほぼ一日中机に向かっている。大嫌いな掃除は、週に何日かパートの家政婦さんにお願いしている。私に必要なカロリーというのは、せいぜい八百ぐらいではなかろうか。食べるものを節制しなければ、デブへの道まっしぐらなのである。

「食べるなら動け、動かないなら食べるな」

この〝動く〟を〝働く〟に換えると、どこか原始的独裁国家のスローガンになりそうである。

ところでまたまた話は変わるようであるが、私の古い友人でものすごい大喰いの女性がいる。食べるなんていうもんじゃない。ピザなら三枚ぐらいはいけるし、そのうえにスパゲティも食べる。が、彼女は昔からガリガリに痩せている。

あれだけ食べてどうして太らないのか長年の謎だったのであるが、一緒に旅行してやっとわかった。彼女はトイレへ行く回数も半端じゃないのだ。食事の後は必ずトイレへ行き、しかもかなり長い。まるでミルク飲み人形みたいに、食べたものはすぐ出す体質のようだ。

そこへいくと、私は何十年来便秘には苦しんできた。

「出るを量りて入だすを為す」

というのはここでも使えそうだ。出ない人は、入れないようにするのがいちばんだ。

建築家

秋の夜長退屈なので、単身赴任している男友だちのところへ電話をかける。彼は今、家族とも離れてかなり辺ぴな田舎で暮らしているのだ。社宅の裏山に狸が出て、それにエサをやるのが何よりも楽しみだなどとジジくさいことを言う。

が、そのわりにはエッチなインターネットを見ていたりするので、電話をかけるときはかなり気を遣う。

「今大丈夫でしょうね。ヘンなもの見てて気もそぞろじゃ困るわよ」

と必ず聞くことにしている。

「おう、平気、平気。たいしたものを見ていないから」

彼は週末することがないので、近くの○○市まで遊びに行こうかなあとつぶやく。○○市はこれまた私たちの共通の女友だちが単身赴任しているところなのだ。

「行こう、行こう。私も土、日空いてるから紅葉でも見に行こーっと。久しぶりに彼女にも会いたいしさ」

さっそく話がまとまった。

最近私はかなり痩せたと評判なのであるが、男友だちがなんとはなしに遠ざかってしまいとても淋しかった。誰も見てくれない。もっとみんな遊んで欲しいとしみじみ思う。

その後、私は別の男友だちのケイタイに電話をかける。彼とは最近のつき合いなのであるが、早くも私のリストの中でナンバー1の座を獲得しつつある。

とにかく凄いハンサムなのだ。私は自他共に認める面喰いなので、男友だちといえどもいい男でなくては困る。

何がイヤかと言って、ダサい男の人と仕事のために二人きりで会うことぐらいイヤなことはない。ホテルのコーヒーハウスやチェーン化された喫茶店など、思いきりそっけないところを指定するのであるが、それでも誤解する人がいて私は腹が立つ。

「昨日の夕方、一緒にいたのご主人ですか」

「いいえ!」

「じゃ、ボーイフレンドかしら」

などと意味ありげに問われる口惜しさ。私は「編集者」といった腕章を相手にしてもらいたいとさえ思うのである。

話がそれてしまったが、私が最近電話する相手はハンサムなうえに、才能ある売れっ子の建築家だ。私はつき合っている男性の職業を小説に使うという習癖がある。今から十三年ぐらい前、やはり建築家の男友だちが出来、私はこの職業に夢中になった。建築家というのは不思議な職業で、理系の怜悧《れいり》さに、芸術家のロマンティックな感受性も持っていなくてはならない。よってホモセクシュアルな人を除き、たいていが女好きですごくモテる。結婚の二回、三回はしていて、しかも愛人が常時いる人がとても多い。そんなことはともかく、当時の私の小説にはやたら建築家が登場している。私はその頃、その方の事務所にしょっちゅう出入りし、いろんな模型やスライドを見せてもらったりしたものだ。

が、何とはなしにその人とも疎遠になり月日が流れた。そして再び建築家の方と仲よくしてもらう機会を得た。

ちょうど新聞の連載小説を頼まれていた時であった。私はこの小説をバブルの時期に青春時代を過ごした男女が、どう中年を迎えるかというテーマにしようと考えていたのであるが、どうも主人公たちがはっきりと浮かんでこない。主要な人物が出来てくるとあとはラクチンなのであるが、作家というのはこういう時にとても悩む。

そしてふと思いあたった。

「そうだ、男の主人公の職業を建築家にしよう」

建築家というのは、いかなる場合も未来を見つめる職業である。その男と、バブルの過去をひきずっていく女性主人公と対比させていったら面白いのではないかと思い始めたら、興奮して夜も眠れなくなった。

親しくなったばかりのその建築家に、

「いろいろ教えてくれる？」

と頼んだら、

「僕の出来ることなら何でも」

と頼もしい返事がきた。それ以来私のちょっとした質問にも、文献を探してくれ、いろんな資料をファックスで送ってくれる。それより何より、実際に会って、彼の口から聞く建築家の生の声というのは私にとって宝石にも等しいものになっている。

しかし問題が出てきた。この建築家はやがて女性主人公と恋におちるので、ラブシーンも数多く登場してくるはずである。

「もし変な誤解をされたらゴメンね」

とあらかじめ謝っておいたら、

「平気、平気。そんなこと考える人なんか誰もいないってばさあ」

と笑いとばされた。ここまで言われると、やはりいい気分がしないものだ。

よく女性誌の特集で「いい男友だちをつくろう」などといった記事が載る。あれはあれで何だか気持ち悪い。

「私って色気が無いから、男の人とはみんないい友だちになっちゃうんです」

などというコメントを読むと、おいおい情けないことを言うなよ、という感じ。

その反対に、

「恋愛との危ういすれすれのところで、ギリギリの危ういバランスをとっているのが男友だちじゃないかしら」

などと言っているやたら色気がある中年女性も、何か違っているような気がする。友だちというのは、もっとラクチンに自然に出来るものではなかろうか。男友だちといえども同じである。お互いを認め合って、お互いのことをいい人だな、面白いなァーと思い合って、そして近づいていく。もちろん、ちょっぴりは甘酸っぱい感情を抱くぐらいの魅力的な相手でなくてはイヤだけれども、

「ギリギリの危ういバランス」

などという言葉もちょっと重苦しいよなあ……。

ところで私があと、男友だちにひとりいるといいなあと思っているのは、伝統芸術に携わっている人、政治家、プロとしてのホストであろうか。もし私の小説の中にこうした職業の人が出てきたら、友だちをつくったのだなあと思って欲しい。

今夜はもうひとり男友だちに電話してから寝ることにする。

オペラの日々

秋のオペラシーズンが始まった。

今年はボローニャ歌劇団来日という大イベントがある。詳しい人によると、ボローニャはオーケストラも今ひとつで、昨年来たメトロポリタンなんかとは格が違う。けれども今回契約した歌手が凄いということだ。

確かにミレッラ・フレーニ、ホセ・カレーラス、ホセ・クーラといった人気歌手の名前が並んでいる。中でも注目はフレーニとカレーラスとの最後の共演になるのではないかと言われている「フェドーラ」という演目だ。が、私は一度もこれを観たことがない。何でも日本で本格的な上演は初めてということで、私が観ていないのも当然か……。

この「フェドーラ」の切符は手に入るはずがないとあきらめていたところ、ある方からご招待をいただいた。それが昨夜のことである。雨がしつこく降り続く中、傘をさしてＮＨＫホールまで歩いた。劇場が近いというのもよし悪しで、タクシーを使うほどでもなく、歩くのはかなりかかるという距離に私は住んでいるのだ。よって服はおしゃれをしていても、雨だと靴はボロいものになる。劇場に着いてからがかなり恥ずかしい。

そんなことはさておき「フェドーラ」は本当に素晴らしかった。私はあらかじめホセ・カレーラスが演じたこのオペラのCDを買って予習していたのであるが、本物を聞くとやはり興奮してしまう。さすがスターと言われる人は、舞台に立つだけでこちらの心をつかむすべを知っているのだ。

共演のミレッラ・フレーニも凄い。今年六十三歳という年齢で、一緒に行った人は始まる前、

「普通はもうとっくに引退している年齢だけど、大丈夫なのかなぁ……」

と案じていたものだ。実はこの私、何年か前、某週刊誌でフレーニと対談させてもらう機会があった。

「歌手としてストレスはどのように解消しているのか」

などという質問をしたところ、

「そんなの、孫の宿題見ているうちにどこかへ行っちゃうわよ」

という明るい返事が返ってきた。陽気なイタリアのおばさんという感じで、家庭的にも非常に恵まれている人である。その彼女が悲劇の皇女を演じると、高貴このうえない女性になってしまう。何しろ声が圧倒的だ。私は最盛期の彼女をLDでしか知らないが、今でも張りのある美しいソプラノが劇場の隅々までを支配する。カレーラスとの二重唱になると、もうこちらの魂が吸い寄せられるという感じ。

「やっぱり一流の人は、年をとっても凄い」

というのが私たちの結論であった。

ところで今度のボローニャのもう一人のスターは、若手のホセ・クーラである。この人は顔よし、声よし、演技よしと三拍子揃い、ポスト三大テノールの最右翼と言われている。日本での人気もウナギ登りで、私は彼が出演する「ドン・カルロ」の切符を予約電話をかけまくりやっと入手した。ところがなんと彼は「ドン・カルロ」には出ないというではないか。

「金を返せーっ」

と言いたいところであるが、オペラは歌手の体調を最優先するところがある。

「声の調子が悪い」

と歌手が言ったら、観客はじっと我慢しなくてはいけないのだそうだ。ところがまた嬉しいことが起こった。ホセ・クーラが急きょリサイタルを開くことになり、パンフレットに文章を寄せたところ、お礼だと言ってリサイタルと彼が出演する「カヴァレリア・ルスティカーナ」の切符を二枚ずつ貰ったのである。本当についている。

誰と行こうかなあとあれこれ思案が始まる。オペラへ行く時は本当に困る。いい男がオペラを好きだと限らないし、オペラが好きな人がいい男だとは限らないこの真実！

オペラ好きでいい男というのはほんのひと握りいるが、こういう人たちはとっくに切符を手に入れている。そして奥さんか恋人と行く。最近の私の男友だちの中で、ピカイチのレベルというと、例の建築家のA氏であるが、彼は今外国の大学へ教えに行っている。双璧をなすのが名門のご子息B氏であるが、このカードは昨夜の「フェドーラ」観劇の際に使ってしまった。

あれこれ考えているうちに日にちは過ぎていく。そのうちにひとつは親しい女友だちと行くことになってしまった。リサイタルの方はどうしようかなあ、と考えていたある日、佐藤美枝子さんと対談することになった。佐藤さんは今年のチャイコフスキー音楽コンクール声楽の部で優勝した方である。バイオリンの諏訪内晶子さんについで日本人としては二人めの快挙である。マスコミに随分騒がれたのでご存知の方も多いかもしれない。

本選の様子をNHK教育テレビで放映し、私はいっぺんに佐藤さんの美しいリリコのファンになってしまった。実物もそれはそれは感じのよいお嬢さんで、二人の話はホセ・クーラのことになった。もうじきローマへ帰るので彼のオペラを観られなくて残念だと佐藤さんは言う。それではリサイタルでよかったらとお誘いしたところ、

「私が行ってもよろしいんでしょうか」

ことのほか喜んでくださった。後で担当の編集者が私に言った。

「ハヤシさん、すっごいじゃないですか。チャイコフスキーの優勝者と、ホセ・クーラ観に行くなんて」

本当にそう思う。私がこの世でいちばん憧れ、尊敬する職業はオペラ歌手である。

ああ、生まれ変わることが出来たらオペラ歌手になりたい、などと私が書いているのをどこかで目にしたのであろう。地方に住む読者の方から、お手紙をいただいた。

「今度うちの街で『リゴレット』の公演がありますが、ハヤシさん出演なさるんですね」

公演の広告の切り抜きが同封してあり、それを見て私はたまげた。三番手の歌手に確かに「林真理子」とあるではないか。また別の読者は主催者側にまで確かめたそうだ。すると林真理子さんというのは本職のオペラ歌手で、れっきとした二期会の会員ということがわかった。

林真理子さん、どうか私の分まで頑張っていっぱい歌ってくださいね。

◆特別寄稿篇

『不機嫌な果実』の麻也子は淫乱か

ＴＢＳテレビのドラマ『不機嫌な果実』が始まった。そしてつい先日、映画『不機嫌な果実』が封切られた。

原作者として私も舞台挨拶したのであるが、立見もぎっしり出る大変な盛況であった。まあ初日というのはたいてい満員になるというから、この原稿を書いている時点で映画の成否はわかりかねる。しかしそういうことを抜きにしても、『不機嫌な果実』は大きな反響を巻き起こしたと思う。私も十三年間小説を書いているが、こんなことは初めてである。「週刊文春」に連載中から、

「麻也子はいったいどうなるのか」

「もっと大胆に行動させて欲しい」

という読者の声をたくさんいただいた。が、これは主に女性の意見で、男性からの反撥もこれまた予想以上のものであった。

「こんな女がいるはずはない」

と年配の方から説教されたことがある。

「女性というのは、いっぺんに二人の男性に抱かれることは絶対にないんだよ。もし亭主とうまくいかず恋人が出来たとしたら、亭主とそういうことをするのが苦痛になる。それが女性というものだ」

が、本当にそうかなあと私は首をひねる。私のまわりの女性で不倫をしている人は何人かいるが、彼女たちは夫と愛人との性生活をちゃんと両立させているからだ。

全くこの小説ほど、男性と女性の反応が違うものはなかった。デビュー当時から、私の描く女性というのは男性の描く女性像を著しく幻滅させるものとして男側から評判が悪かったが、どうやらこの『不機嫌な果実』は、幻滅どころか恐怖すら与えたようなのである。

最近シンポジウムをご一緒した高橋源一郎さんは、

「おっかなくなっちゃって、本を閉じて隣りの部屋に行きたくなっちゃうような本ですね」

とおっしゃった。

「下品である」

「こんな女がいるはずはない」

「特別なふしだらな女の話だ」

というのが、おおかたの男性の意見である。特に評判が悪かったのは、主人公の麻也子が、かつての恋人に会う際、下着を選び出すシーンである。

「男はその時許されたと思っているが、実は十二時間前、朝、クローゼットから下着を選び出した時に、女たちは許しているのだ」

という箇所は、いっせいに「ウソだ」という声があがった。女がそんなことを考え、計算しているなどとは信じられないというのだ。

主人公が初めて夫以外の男に抱かれ、家に帰ってくる。夫はとうに寝ている。麻也子はシャワーを浴び、その間シミのついた下着を洗う。風呂場から上がり、洗濯機の中から下着を取り出すともう綺麗に洗われている。

「なあんだ、何も残らないいじゃないか」

麻也子はつぶやく。男の体臭と汗を洗い流し、下着を洗濯機の中に放り込む、そうしたらもう何も証拠は残らない。浮気はそれほどたいしたことではないという感慨は、あきらかに男性のものであろう。いや、今まで男性のみ漏らす言葉だと思われてきた。が、女とて同じ情況に立たされれば、同じような感想を持つはずだ。たとえ男性が「ウソだ」と叫ぼうとも、やはりこういう女性がいるのが現実だ。

映画の主演女優・南果歩さんは、

「この小説は、女の人のバックステージを描いたものですね」

とおっしゃった。

「男の人っていうのは、綺麗にお化粧して、素敵なお洋服を着て舞台に立っている女の人しか見ないわけでしょう。こういう風にお化粧して、ストッキングをはいてっていう楽屋のことは、今まで知らなかったんじゃないでしょうか」

ある女性作家の方からは、

「ここまで女の手の内を教えてやることはないのに」

という評をいただいたが、これは何よりの誉め言葉だと思っている。

ところで『不機嫌な果実』は、不倫ということでひとくくりにされ、かの『失楽園』とよく比べられたが、これは渡辺先生に対してまことに失礼なことだと思っている。売れた数もケタが違うし、コンセプトがまるで違う。『失楽園』において、男や女が家庭を持っていることは付随的なことだ。あの本は人の魂と肉体がどこまで愛し合えるかということがテーマである。だからどれほど激しい性愛が描かれていても、崇高で純粋な印象が残る、主人公の凛子さんが、人々から憧憬と好意を持って迎えられたのも当然である。

ところで麻也子の場合、バッシングを随分受けた。我儘《わがまま》でしたたかで、しかも淫乱な女だというのである。

「こんな女はどうしても好きになれない」

というのが、おおかたの男性の意見である。そして女性の方は面白い反応をする。この本がテレビ化、映画化されるについて、たくさんの取材を受けた。私のところにやってくるのは、ほとんどが女性の編集者、女性のライターである。彼女たちにしても、決して共感したとは言わない。

「私の友人で、そっくりな女の人がいます」

「私は小学校から女子校へ通っていましたけど、まるで同級生がモデルみたいでした」

つまり自分は麻也子とは距離があるが、確かにこういう女たちは存在していると言いたいのである。私は何だかおかしくなってしまう。

「麻也子は私とそっくりです」

と女が言いきるには、まだ時間がかかるようなのである。けれども彼女たちにしてみても、朝、下着を選ぶシーンや、キスをしながらもベッドへの距離を頭の中で考えているという箇所は同意してくれた。けれども、

「男の人に、こんなことを決して言いませんけど」

と肩をすくめるのは忘れない。

そして彼女たちからは、

「この話はリアリティがあり過ぎる。どこまでが作者の実体験なのか」

という質問をよく受けた。私は、

「二割の取材、八割の自分」

と答えることにしている。

数年前、読者の方から一通の手紙をいただいた。私は面白かったファンレターにはわりとこまめに返事を書く方である。その時彼女にいたく興味を持ったのは、その手紙が

実にユーモアにとんでいてセンスがよかったこと、彼女が名門女子大の卒業生で、今はそこのシスターの秘書をしていると書かれていたからだ。私は彼女に手紙を書き、すぐに返事が届いた。それをきっかけに、彼女は私のうちに遊びに来るようになった。一人では気後《きおく》れするのか、いつも友人と一緒だった。

彼女たちは女子大を出た後、何年か勤め、その後医者や商社マンといった男性と結婚している。当時「コマダム」という言葉が流行り出したが、彼女たちはまさしくその一員であったろう。豊かな実家と、娘に甘い親たち。彼女たちは誰もがよく手入れされた髪と爪を持ち、服装もしゃれていた。バブルの時代、青春を謳歌した彼女たちは屈託がない分、不満もたやすく口にした。

私はふと、彼女たちを主人公に出来ないものかと考えた。恋愛を自由に楽しみ、しかも男性を選択する立場にいた女たち。バブルの時に青春をおくり、自分たちがどれほどの価値があるかよくわかっている女たち。そうした人種が、結婚して初めて束縛ということを知る。結婚した女は恋をしてはいけない、という掟を、彼女たちがすんなりと受け容れることが出来るだろうか……という疑問から『不機嫌な果実』の構想はスタートしたのである。

確かに連載中、私自身も常ならぬ気持ちを持ったかもしれない。妄想の激しさが仕事場を越えそうになったこともあった。自分自身でシミュレーションをつくり、ひとり芝居をし、そのセリフを原稿用紙にぶつけた。こんなことを言うのは図々しいと思われそうなのであるが、『不機嫌な果実』は、昔のフランスの心理小説のようにしたかった。男と女の心の襞《ひだ》をピンセットでつまみ、それを拡げるような小説を書こうと思った。

セックスの描写がすごいとよく言われたが、はっきり言うと、ああいう箇所は私たち作家の腕の見せどころである。二流の小説誌にどぎつい小説が氾濫しているが、あんなものよりずっと読者を興奮させる自信がなければ、ああしたシーンは書かない。誰も使ったことのない比喩、品があってしかもエロティックな表現をつくるために、本当に言葉をこねくりまわす。

「今夜も思い出し笑い」しか読んだことのない読者は、とても面くらったようだ。

「あなたは軽いエッセイを書く人だと思っていたのに」

と面と向かって言われ、九十冊本を書いている、こちらが憮然《ぶぜん》としたことがある。しかし、いわば〝清純派〟の私しか知らない「週刊文春」の読者に、大人の小説書きの私を見てもらいたかったという気持ちが働いたというのも正直なところだろう。

「あんな小説を書くハヤシさんってイヤ」

という手紙もいただき、私は「週刊文春」を読んでくださる方々の厚意も十分に知ったのである。

裏話のようなものを書くようにと依頼されたのであるが、あれこれ書いているうちに何やら自慢話のようになってしまった。が、久々のベストセラー、おそらく作家としての私に大きな契機を与えてくれるだろう作品を、ホームグラウンドで発表出来て私は本当に嬉しい。またこの場で小説を書かせてください。

恐るべし、松田聖子

高輪プリンスの柱の陰から、聖子が真白いウエディングドレスで現れた時、テレビを見ていたほとんどの人は、「おお」と叫び声をあげたのではなかろうか。

それは「やった」「さすが」という賞賛と「よくもまあ、しゃあしゃあと……」という呆れる思いとかが入り混じったものではなかろうか。いずれにしても、彼女は我々の意表を衝いたのである。再婚だし、もうトシだし、子連れだし、せいぜいが白いスーツを着るぐらいだろうという私の考えが、いかに甘いものかということをつくづく思い知らされた。下品な言い方をすると、やっぱり聖子はそんなタマではなかったのだ。臆面もなく白いヴェールをかぶり、バージンロードを歩いてこその聖子だったのである。

もっともそのウエディングドレスは、一回めの時よりもはるかにおとなしくなっている。ひょんなことから、私はあの〝聖輝の結婚式〟に招待されるという僥倖《ぎょうこう》に恵まれたが、二十三歳の聖子のウエディングドレスは、もっと華やかにふくらんでいたものだ。二回めのドレスは、ほっそりとしたラインになり、十三年という歳月を表している。が、その分胸ぐりがぐっと大きくなっていることに私は注目した。もう忘れている方も多いかもしれないが、やはり三十六歳で結婚した小柳ルミ子のウエディングと酷似している。三十代の女性というのは、二十代の女性に比べて不利なことが多いが、幾つか勝っているものもある。こってりと脂ののり始めたデコルテの美しさは、とうてい若い女性のかなうものではない。ルミ子も聖子も、自信のある胸元を強調するというコンセプトに出たわけである。

胸元の美しさばかりではない。三十六歳といえば女盛りの真最中だ。聖子でなくても男性が必要な年頃である。これに関して、この数年聖子はミスばかり犯していた。ジェフとかアランとかいうくだらない男にばかりひっかかっていたのだ。彼女は外人好きのように言われているが、それは単純な指摘だと私は以前から思っていた。血の気の多い女によく見られる現象であるが、彼女は「劇的」ということが好きなのだ。外国における外人との恋は、彼女のその嗜好をかなえてくれるかに見えたこともあったろう。が、所詮カスとの恋は、カスな思い出しか残らない。

一年三カ月前、私は聖子の離婚に関してやはり原稿を書いた。その中で二つのことを予言したと思う。一つは聖子の人気は下がり、二つめは聖子は既婚女性としての尊敬を払われなくなるということだ。神田正輝という人がいるからこその、さまざまな遠慮や気遣いもあったが、もはやマスコミは野放図に記事を書き始めるだろうと。人気が下がる、という予想ははずれたが、二つめは的中したと思う。この一年、聖子への攻撃はす

さまじかった。逆セクハラ騒ぎがあり、アメリカでの行動もあれこれ下品な推測をされた。ある女性週刊誌の中には、

「アメリカで聖子は娼婦と同じ」

という見出しをつけたものまであるぐらいだ。が、ここまで聖子は耐えた。沈黙を守るという賢い方法をとった。彼女が我慢が出来なかったのは『ダディ』以来、マスコミが、いや日本中が郷ひろみと聖子をくっつけようとしたことであろう。「虎視たんたんとチャンスを狙っている」などと書かれた夜は、彼女は無念さのあまり眠れなかったに違いない。

世間知らずのフェミニストや、プロダクションの手がまわったテレビ局などは、やたら彼の肩を持つけれども、私ははっきりと言う。郷ひろみは最低の男である。聖子が彼のところへ電話して何が悪い。昔、恋人同士だった男と女の秘やかな会話まで、郷ひろみは平気で書く男なのである。金のためというよりも、おそらく虚栄心と無知によるものであろう。

そんな男に、誰がいつまでも未練を持つものか。聖子がひろみのことをまだ忘れられないというのは、

「女は初めての男のことをずっと思い続ける」

という男性の勝手な幻想に基づいているのであるが、聖子は今度の結婚でそれをあざ笑ってやったのである。

相手は歯科医だという。聖子は「一般人」であることを強調し、会見にも一人で臨んだ。これは実にうまい作戦である。音楽プロデューサー、TVディレクターという〝準芸能人〟が相手であったら、マスコミの攻撃は多少なりともあったに違いない。けれども、

「普通の生活をしているまっとうな男の人」

となるとマスコミも一線をひかざるを得ないのだ。聖子の陣地はこうして守られたのである。ハンサム、年下という条件も、世の女を羨しがらせるのに効果的である。

私は断言してもいいのであるが、三十六歳の聖子はこの後、ひとりか二人子どもを産むであろう。沙也加ちゃんの時は忙しくてちょっと無理であったが、今度の子どもは違う。高年齢出産ということで皆をひれ伏させた後、〝聖母子像〟を演じていくはずである。聖子は永遠にそのパワーを保ち続けるのである。

ところでこう書いてくると、聖子がいかにも、計算高い女に見えるかもしれぬがそうではない。天性のスターというのは、無意識のうちに自分の人生を演出してしまうところがある。人を驚かせたり、人を喜ばせる方向に自分の人生の向きを変える。そのために傷つくことも多いが、やはり平凡なおとなしい生き方など彼らは出来るはずはない。

ウエディングドレスを着、艶然と微笑む聖子は時々頷く。それは「わかっているのよ」という了解の動作に見えた。

「何だかんだ言っても、みんな私のこと、好きなんでしょう。私はスターでしょ」

そのとおりと私はテレビの前で、いつのまにかこっくりしているのである。

初出
「今夜も思い出し笑い」篇
「週刊文春」一九九七年九月十八日号〜一九九八年十月十五日号「今夜も思い出し笑い」
特別寄稿篇
『不機嫌な果実』麻也子は淫乱か「週刊文春」一九九七年十月三十日号
恐るべし、松田聖子「週刊文春」一九九八年六月四日号
単行本　一九九九年二月　文藝春秋刊

文春文庫

世《せい》紀《き》末《まつ》思《おも》い出《だ》し笑《わら》い

定価はカバーに
表示してあります

2002年1月10日　第1刷

著　者　林《はやし》 真《ま》理《り》子《こ》

発行者　白川浩司

発行所　株式会社 文藝春秋

東京都千代田区紀尾井町 3-23　〒102-8008
TEL 03・3265・1211
文藝春秋ホームページ　http://www.bunshun.co.jp
文春ウェブ文庫　http://www.bunshunplaza.com

落丁、乱丁本は、お手数ですが小社営業部宛お送り下さい。送料小社負担でお取替致します。

印刷・凸版印刷　製本・加藤製本

Printed in Japan
ISBN4-16-747623-1

林真理子の本

（　）内は解説者

林真理子
最終便に間に合えば

七年ぶりに再会した男女の恋の駆け引きを描く表題作と、「京都まで」の直木賞受賞作品をふくむ充実の短篇集。「エンジェルのペン」「てるてる坊主」「ワイン」の五篇収録。（深田祐介）

は-3-3

林真理子
美食倶楽部

気の合う食い友達と膨大な金と時間をかけて食べ歩くキャリアウーマンの〝極楽人生〟を描くグルメ小説の表題作、短篇「幻の男」と傑作中篇「東京の女性」の三篇収録。（松原隆一郎）

は-3-4

林真理子
戦争特派員《ウオーコレスポンデント》（上下）

ファッション業界に勤める奈々子の平和な日常に現れた梶原。ベトナム戦争の取材体験をもつこの中年ジャーナリストに、彼女は何を求めたのか。渾身の長篇恋愛小説。（川西政明）

は-3-6

林真理子
短篇集　少々官能的に

母の傍で情事を思い返すＯＬ、恋人にベッドで写真を撮らせた女。くすぶる性を描いた官能小説集。「正月の遊び」「白いねぎ」「プール」「トライアングル・ビーチ」他二篇収録。

は-3-10

林真理子
満ちたりぬ月

圭が三十四歳でようやく手にしたキャリアや恋人を友人絵美子が羨むことは許せない。彼女は幸福な家庭生活にずっと甘えていたのだから。働く女と人妻の葛藤を描き、女性の充実を問う。

は-3-11

林真理子
怪談　男と女の物語はいつも怖い

昔の恋人、友人の妻、妻子ある上司。きっと誰の脛にも傷はある。甘い共謀が悪夢へと変わる、気鋭の短篇集。表題作他、「つわぶきの花」「朝」「靴を買う」他六篇収録。（酒井順子）

は-3-17

（　）内は解説者

文春文庫

林真理子の本

林真理子
今夜も思い出し笑い
かつてあれほどあこがれたカタカナ職業人種たちの意外な面をたくさん見てしまった。好奇心旺盛な才女が出会った人たちを、繊細な感性で生き生きと描くエッセイ。（田辺聖子）
は-3-1

林真理子
愛すればこそ……
女ひとり生きるには人に言えないこともある。男、仕事、家庭、旅など、日常生活のくさぐさを軽やかな筆致で綴るエッセイ。好評「今夜も思い出し笑い」シリーズ第二弾。（秋元康）
は-3-2

林真理子
言わなきゃいいのに……
何か面白い話があると、つい人に教えたくなってしまう。女三十（？）歳、日常のあれこれから、「私が見たダイアナ妃」まで軽妙な筆と鋭い観察眼で綴るおなじみエッセイ集。（柴門ふみ）
は-3-5

林真理子
こんなはずでは……
ゴルフ、エステに株式投資。若さにまかせて突撃したものの、世の中、なかなか思惑どおりにはいかないものだ。週刊文春の好評連載エッセイシリーズ第四弾。（田中優子）
は-3-8

林真理子
余計なこと、大事なこと
大論争の発端となり文藝春秋読者賞を受賞した「いい加減にしてよアグネス」を始め、鋭いテレビ評、現代の若きエリート十一人のインタヴュー等を収録した硬派時事エッセイ。（中野翠）
は-3-9

林真理子
昭和思い出し笑い
着物や健康法に凝り、外国暮しに憧れて、友人の結婚式で物思い。それもこれも、みんな昭和の出来事、あの時代のある断面。ラストでちょっぴりじんとくる好エッセイ集。（内館牧子）
は-3-12

文春文庫

林真理子の本

（　）内は解説者

ウフフのお話
林真理子

「オレは嫌なことから君を守ってあげられる」――「思い出し笑い」シリーズ六冊目、ついにマリコは結婚を決意！　お付き合いから婚約記者会見までの心の揺れを綴った話題作。（麻生圭子）

は-3-13

そうだったのか…！
林真理子

とうとう始まった甘い(?)ふたり暮らし。旅行、生活習慣、お正月の過ごし方。数々の経験を通して人妻マリコが発見した真実がここにある。「思い出し笑い」シリーズ七冊目。（俵万智）

は-3-14

おとなの事情
林真理子

バブルはじけて世の中沈みがち。だけどマリコは密かな楽しみに盛り上がる！　着物道楽、芸道楽、おとなの豊潤な世界の扉をひらく「思い出し笑い」シリーズ八冊目。（大和和紀）

は-3-15

嫌いじゃないの
林真理子

朝はトーストを齧《かじ》りながら見る連続テレビ小説で明け、晩はダイエットを無残に打ち砕く会食で暮れる。平成のロイヤル・ウエディングまでのマリコの日常、春夏秋冬。（姫野カオルコ）

は-3-16

そう悪くない
林真理子

友だちと政局観察、楽しく料理、周囲への気配り。結構良識派(?)マリコの知られざる姿を発見する「思い出し笑い」シリーズの記念すべき十冊目。

は-3-18

皆勤賞
林真理子

世に愛され親しまれてきた当シリーズも連載五百回を迎えた！　阪神大震災、地下鉄サリン事件と日本列島が揺れるなか、ジョーシキ人としての見識を失わぬ舌鋒がますます冴える十一冊目。

は-3-19

（　）内は解説者

死にゆく者からの言葉
鈴木秀子

死にゆく者たちは、その瞬間、自分の人生の意味を悟り、未解決のものを解決し、不和を和解に、豊かな愛の実現をはかる。死にゆく者の最後の言葉こそ、残された者への愛と勇気である。

す-9-1

変るものと変らぬもの
遠藤周作

移りゆく時代、変る世相人情……もっと住みよい、心のかよう世の中になるようにと願いをこめて贈る九十九の感想と提言。時事問題から囲碁・パチンコまで、幅広い話題のエッセイ集。

え-1-11

生き上手　死に上手
遠藤周作

死ぬ時は死ぬがよし……だれもがこんな境地で死を迎えたい。でも死はひたすら恐い。だからこそ死に稽古が必要になる。周作先生が自らの失敗談を交えて贈る人生セミナー。（矢代静一）

え-1-12

イエス巡礼
遠藤周作

神の愛、愛の神を説いた〈その人〉の生誕から復活まで、フラ・アンジェリコやルオーなどの名画とともにたどる十五章。限りないやさしさで私たちを誘う奇跡の生涯を明快に説く画文集。

え-1-18

最後の花時計
遠藤周作

病と闘いながらも、遠藤さんは最後まで社会と人間への旺盛な好奇心を持ち続けた。宗教のあり方、医療への提言……。これは遠藤さんが日本人に残した厳しく優しい遺言である。（加藤宗哉）

え-1-23

人間通と世間通
〝古典の英知〟は今も輝く
谷沢永一

「人間とは何か」「人間社会のメカニズムとは何か」という二つのテーマに即して、古典中の古典を選びだし、そのエッセンスを凝縮。これ一冊であなたも「人間通」「世間通」になれる。

た-17-4

関川夏央
「ただの人」の人生
明治の文豪、将棋指し、映画評論家、生意気なインタビュアー……。目に見えないものもじっくり眺めるとおぼろげに見えてくる。短文の名手が贈る珠玉の十九篇収録。（小森陽一）
せ-3-4

関川夏央
家はあれども帰るを得ず
日本に中産階級と家庭は確かにあった……。現代に失われた良き家庭を懐かしむ表題作ほか「まぼろしの父の書斎」「胸にとげ刺すことばかり」「神戸で死ねたら」など三十二篇。（川本三郎）
せ-3-5

林望
ホルムヘッドの謎
話は英国の奇妙な館に始まる。日英の地図の描き方、便器についての考察を経て、源氏物語をめぐる色恋論へ――。すべての話が不思議に連環しあう、エッセイの名品全12篇。（竹内久美子）
は-14-1

林望
イギリスはおいしい
まずいハズのイギリスは美味であった?! 嘘だと思うならご覧あれ――イギリス料理を語りつつ、イギリス文化の香りも味わえる日本エッセイスト・クラブ賞受賞作。文庫版新レセピ付き。

は-14-2

林望
イギリスは愉快だ
テレビでのスポーツ中継を前におもいを巡らし、紅茶の時間にふと考える。はたまた個人主義の伝統とは……リンボウ先生の筆致が冴える、好評『イギリスはおいしい』につづく第二弾！

は-14-3

林望
リンボウ先生 イギリスへ帰る
「イギリスは暮らしやすい国だ。人の住むべき理想に近い」かくなる信条のもとにリンボウ先生が考察した、銀行、洗濯、ドアの開閉からサヴォイの朝食に至る大英帝国の神秘。（斎藤晴彦）
は-14-5

文春文庫

随筆とエッセイ

（　）内は解説者

父の詫び状
向田邦子
怒鳴る父、殴る父、そして陰ではやさしい心遣いをする父、誰でも思い当たる父親のいる情景を爽やかなユーモアを交えて描いて絶賛された著者の第一エッセイ集。（沢木耕太郎）
む-1-1

無名仮名人名簿
向田邦子
われわれの何気ない日常のなかでめぐり合いすれ違う親しい人、ゆきずりの人のささやかなドラマを、著者持前のさわやかな感性とほのぼのとしたユーモアで描き出した大人の読物。
む-1-3

霊長類ヒト科動物図鑑
向田邦子
すぐれた人間観察をやわらかな筆にのせて、あなた自身やあなたを取りまく人々の素顔をとらえて絶賛を博した著者が、もっとも脂ののりきった時期に遺した傑作ぞろいの第三作。
む-1-5

女の人差し指
向田邦子
表題のエッセイを週刊文春で連載中に突如航空機事故に遭遇した著者の遺作集。ドラマ裏ばなし、おいしいものに目がなかった著者の食べものの話、一番のたのしみの旅の話を収録。
む-1-6

コルシア書店の仲間たち
須賀敦子
かつてミラノに、懐かしくも奇妙な一軒の本屋があった。そこに出入りするのもまた、懐かしくも奇妙な人びとだった。女流文学賞受賞の筆者が流麗に描くイタリアの人と町。（松山巖）
す-8-1

ヴェネツィアの宿
須賀敦子
父や母、人生の途上に現れては消えていった人々が織りなす様々なドラマ。「ヴェネツィアの宿」「夏のおわり」「寄宿学校」「カティアが歩いた道」等、美しい文章で綴られた十二篇。（関川夏央）
す-8-2

文春文庫

随筆とエッセイ

（　）内は解説者

医者が癌にかかったとき
竹中文良

大腸癌で手術を受ける側に立たされた日赤病院の現役外科部長が、自らの患者体験と、それをふまえて医のあり方、癌告知の是非、死の問題を考えて綴った感動のエッセイ集。（保阪正康）

た-35-1

癌になって考えたこと
竹中文良

「望ましいインフォームド・コンセント」「謝礼問題の根源にあるもの」「在宅医療のこれから」など、大腸癌手術を受けた医者である著者が、予後に遭遇した問題を冷静に考察。

た-35-2

心筋梗塞の前後
水上勉

一九八九年六月、北京を訪れた著者は天安門事件に遭遇、救援機で帰国して程なく心筋梗塞に襲われた。死の淵から生還し、二年間の入退院の日々に生起した大事小事を克明に写した記録。

み-1-12

やぶ医者のほんね
森田功

小さな町の診療所の医者と患者のドラマを、あたたかいユーモアとほろ苦いペーソスで描いた滋味豊かなエッセイ集。楽しく読めて、自然に医療の知識も身につきます。（大河内昭爾）

も-9-2

やぶ医者のなみだ
森田功

やせ細った老女の手をとって、やぶ医者先生は泣いた。医者とはなんとかなしい仕事なのだろうか……小さな診療所の生と死のドラマをあたたかな筆で綴った医学エッセイ集。（立川昭二）

も-9-3

やぶ医者のねがい
森田功

「今がいちばん幸せ」イト老が、枕もとのやぶ医者先生に笑いかけた。自ら喘息に悩まされながら、外来に往診にと奔走する町医者の日常と哀歓を描いた傑作エッセイ集。（吉村昭）

も-9-4

文春文庫

随筆とエッセイ

たのしい話いい話1
文藝春秋編

岡部冬彦、常盤新平、山川静夫、石川喬司、矢野誠一ら粋人十人が披露する、古今東西有名無名、様々な人々の佳話逸話。「オール讀物」の人気コラム「ちょっといい話」文庫化第一弾。

編-2-15

たのしい話いい話2
文藝春秋編

吉行淳之介のラーメン談義、チャーチル一世一代のウソ、芥川比呂志の小咄、マッケンローの潔癖性など、各界の著名人の愉快なエピソードを満載。「ちょっといい話」文庫化第二弾。

編-2-16

無名時代の私
文藝春秋編

誰だって、初めから脚光を浴びていたわけではない。夢を追いつつ満たされない日々、何をやろうか模索していた時……有名人69人が自らの苦しく、懐しい助走時代を綴った好エッセイ集！

編-2-17

心に残る人びと
文藝春秋編

誰でも、貴重な出会いのシーンや忘れられないあの人の思い出が、ひとつぐらいは胸に浮かぶもの……。遠藤周作、佐藤愛子、岸田今日子、辻邦生ら著名人75人が語る出会いのエッセイ集。

編-2-21

オヤジとおふくろ
文藝春秋編

各界著名人がオヤジ、おふくろの思い出を綴る「文藝春秋」の長寿連載から、百篇を厳選。荒木経惟、久世光彦、中島らも、美輪明宏、群ようこ、森毅、渡辺えり子……を育てた人はこんな人！

編-2-28

あの人この人いい話
文藝春秋編

通りすがりの少女の厚意から著名人の意外な素顔まで。魅力溢れる人々を山川静夫、矢野誠一、水口義朗、山根一眞がするどい観察眼で描き出す「ちょっといい話」文庫化第三弾。

編-2-29